LE JEU DU CÉLIBATAIRE

Série « Brigade Mondaine »

Je souhaite recevoir :
❒ Le catalogue complet
❒ Les volumes ci-dessous cochés au prix de € 5,50 l'unité, soit :

.... livres à € 5,50 = ...

+ frais de port
(1 vol. : € 2,50 ; 2 à 3 vol. : € 3,70 ;
4 vol. et plus : € 4,80)
= ....

Total :.. ....

NOM ....PRÉNOM ....
ADRESSE ....
....
CODE POSTAL ....VILLE ....

Paiement par chèque à l'ordre de :

GECEP-ÉDITIONS VAUVENARGUES
15 chemin des Courtilles
92600 ASNIÈRES

DU MÊME AUTEUR CHEZ LE MÊME ÉDITEUR
(* Titres épuisés)

* N° 1 : LE MONSTRE D'ORGEVAL
* N° 2 : LE CARROUSEL DE LA PLEINE LUNE
* N° 3 : L'ABOMINABLE BLOCKHAUS
* N° 4 : LES SÉMINAIRES D'AMOUR
* N° 5 : LE MARCHÉ AUX ORPHELINES
* N° 6 : L'HÉROÏNE EN OR MASSIF
* N° 7 : UN CHANTAGE TRÈS SPÉCIAL
* N° 8 : LES REQUINS DE L'ÎLE D'AMOUR
* N° 9 : LA CITÉ DES DISPARUS
* N° 10 : LE CYGNE DE BANGKOK
* N° 11 : LA MANTE RELIGIEUSE
* N° 12 : LE JEU DU CAVALIER
* N° 13 : LA CROISIÈRE INTERDITE
N° 14 : LE HAREM DE MARRAKECH
N° 15 : LA MAISON DES MAUDITES
N° 16 : LA PERMISSION DE MINUIT
N° 17 : LES CAPRICES DE VANESSA
N° 18 : LA VIPÈRE DES CARAÏBES
N° 19 : LE VOYOU DE MONTPARNASSE
N° 20 : LES FILLES DE MONSEIGNEUR
N° 21 : LA NUIT ARABE DE MONACO
N° 22 : LA FERMIÈRE DU VICOMTE
* N° 23 : LA PUNITION DE L'AMBASSADEUR
* N° 24 : LA SECTE DES AMAZONES
* N° 25 : LES SIRÈNES DE L'AUTOROUTE
* N° 26 : LE BOUDDHA VIVANT
* N° 27 : LA PLANCHETTE BULGARE
* N° 28 : LE PRISONNIER DE BEAUBOURG
* N° 29 : LES ESCLAVES DE LA NUIT
* N° 30 : LES POUPÉES CHINOISES
* N° 31 : LES SACRIFIÉS DU SOLEIL
* N° 32 : L'EXÉCUTRICE
* N° 33 : LA PRÊTRESSE DU PHARAON
* N° 34 : UN CANAL ROSE POUR CIBISTE
* N° 35 : LES FANATIQUES DE LA VIDÉO
* N° 36 : LES ANGES DE PIGALLE
* N° 37 : SOSIES SUR MESURE
* N° 38 : LA MARQUE DU TAUREAU
* N° 39 : L'ÎLE AUX FEMMES
* N° 40 : LA CHÂTELAINE DE L'ORDRE NOIR

* N° 41 : LA PRINCESSE DES CATACOMBES
* N° 42 : LA DISPARUE DE SUNSET BOULEVARD
* N° 43 : LE PARFUM DE LA DAME EN GRIS
* N° 44 : LES FEMMES MYGALES DE LA CÔTE D'IVOIRE
* N° 45 : LA DANSE DES COUTEAUX
* N° 46 : LES AMANTS DE SINGAPOUR
* N° 47 : LA VEUVE DU LAC
* N° 48 : LES FANTASMES DU NOTABLE
* N° 49 : LA BÊTE DU LUBÉRON
* N° 50 : CARNAVAL À VENISE
* N° 51 : LES NUITS BLANCHES DE LA TOUR EIFFEL
* N° 52 : LOVE TÉLÉPHONE
* N° 53 : GOLF-PARTY
* N° 54 : L'ENFER DU COLLECTIONNEUR
* N° 55 : LES SOMNAMBULES DU DOCTEUR MARLY
* N° 56 : LES ENVOÛTÉS DU MARABOUT
* N° 57 : LA TUEUSE D'HOMMES
* N° 58 : LA DIVA DU BOIS DE BOULOGNE
* N° 59 LA FOLIE DE BARBE-BLEUE
* N° 60 : LE MANIAQUE DU PARKING
* N° 61 : LE BATEAU DES FILLES PERDUES
* N° 62 : LE DÉMON DU PEEP-SHOW
* N° 63 : LES CHASSEURS DE MIREILLE
* N° 64 : LA PLAGE AUX NYMPHES
* N° 65 : NUITS DE CHINE
* N° 66 : LA FILIÈRE MEXICAINE
* N° 67 : LES SECRETS DE MADAME MAUD
* N° 68 : LA FEMME MASQUÉE
* N° 69 : TRANSPORT DE FILLES
* N° 70 : LA SECRÉTAIRE DU PATRON
* N° 71 : LA PANTHÈRE DES PALACES
* N° 72 : LES PROFANATRICES
* N° 73 : LA TENTATION DE CAROLINE
* N° 74 : LA LOUVE DES BEAUX QUARTIERS
* N° 75 : LES STRIP-TEASEUSES DU PETIT ÉCRAN
* N° 76 : LES MAÎTRESSES FEMMES DE SAINT-TROPEZ
* N° 77 : LE RODÉO DU PLAISIR
* N° 78 : LES PROIES DU COMMANDO
* N° 79 : LA FEMME-FAUCON
* N° 80 : LA TIREUSE D'ÉLITE
* N° 81 : LES VOIX DU DÉSIR
* N° 82 : LES TAXIS DE L'AMOUR
* N° 83 : L'ALLUMEUSE
* N° 84 : MAÎTRE ET ESCLAVE
* N° 85 : GIGOLO STORY
* N° 86 : LA CAVALIÈRE DE L'APOCALYPSE
* N° 87 : LES JEUX DÉFENDUS DE LA PRÉSIDENTE
* N° 88 : L'ÉVENTREUR AUX YEUX D'OR
* N° 89 : JEUNE FILLE AU PAIR
* N° 90 : L'INCONNU DU TRAIN BLEU
* N° 91 : LA CALL-GIRL DE MONTRÉAL
* N° 92 : LA GRANDE BOURGEOISE
* N° 93 : LE PIÈGE ESPAGNOL
* N° 94 : CLUB PRIVÉ
* N° 95 : LA SORCIÈRE DE POMPÉI
* N° 96 : VENGEANCE DE FEMME
* N° 97 : LA DEMOISELLE DE PETITE VERTU
* N° 98 : LE VAMPIRE DE BOURGOGNE
* N° 99 : LA CHIENNE DE LUXE
* N° 100 : L'ÉTALON DE SAUMUR
* N° 101 : FIANCÉES SUR CATALOGUE
* N° 102 : LA SIRÈNE DU LOCH NESS
* N° 103 : L'OGRE DE LA BAIE DES ANGES
* N° 104 : LES AMANTS MAUDITS
* N° 105 : LA VÉNUS DE BELLE-ÎLE
* N° 106 : LA BELLE DU CAP D'AGDE
* N° 107 : LE JUSTICIER DU BOIS DE BOULOGNE
* N° 108 : ÉCHANGE DE FEMMES
* N° 109 : LES NOCES INFERNALES
* N° 110 : LA VIE CACHÉE DU BANQUIER
* N° 111 : L'APPRENTIE SORCIÈRE
* N° 112 : DERNIER ROUND À MARSEILLE
* N° 113 : LES JARDINS DU PLAISIR
* N° 114 : DÉLIT D'INITIÉE
* N° 115 : LE GRAND PRÊTRE DES ARDENNES
* N° 116 : LES PASSIONS DU COLLECTIONNEUR
* N° 117 : LA PAPESSE D'AVIGNON
* N° 118 : LES BALLETS ROSES DE SAINT-MALO
* N° 119 : LA LETTRE DE L'ENFER
* N° 120 : FANTASIA POUR ROCK STAR
* N° 121 : L'ENRAGÉE DU CERCLE POLAIRE
* N° 122 : LE CLUB DES GIRONDINES
* N° 123 : LA POSSÉDÉE DE SÉVILLE
* N° 124 : LA REINE DU SCOOP
* N° 125 : LE TOUR DE FRANCE DU TUEUR DES PLAGES
* N° 126 : LA PUCELLE D'ORLÉANS
* N° 127 : LE PARC AUX LOUPS
* N° 128 : LA RELIGIEUSE DE BUDAPEST
* N° 129 : LES DÉLIRES DE L'INSOMNIAQUE
* N° 130 : LA LOLITA DU TGV
* N° 131 : LES CHASSES DE LA GRANDE CHARTREUSE
* N° 132 : LA DAME DE SHANGHAI
* N° 133 : LA LOI DU TALION
* N° 134 : LE BON PLAISIR DU ROI
* N° 135 : LES NUITS BLANCHES DE SAINT-PÉTERSBOURG
* N° 136 : UN CIRQUE D'ENFER
* N° 137 : LES FRASQUES DU NOTAIRE
* N° 138 : RÉSEAU EXTRA-CONJUGAL
* N° 139 : NOTRE-DAME DE CHARTRES
* N° 140 : LES FAVORITES DU GRAND TURC
* N° 141 : L'ARCHANGE DE FLORENCE
* N° 142 : LE FANTÔME DE L'OPÉRA
* N° 143 : LA DAME DE COMPAGNIE
* N° 144 : LE CHOUCHOU DE LA PROF
* N° 145 : SIMPLE DAMES À ROLAND-GARROS
* N° 146 : PARFUM DE STAR
* N° 147 : DÉRAPAGE EN FORMULE 1
* N° 148 : LES CHARMES DU BIZUTAGE
* N° 149 : POUPÉES SLAVES SANS VISA
* N° 150 : LES CHAÎNES DE LA PASSION
* N° 151 : NOBLESSE OBLIGE
* N° 152 : L'HOMME EN NOIR

* N° 153 : PAQUET-CADEAU POUR GENTLEMEN
* N° 154 : DANSEUSES À DOMICILE
* N° 155 : LE FAUVE DE L'OMBRE
* N° 156 : LA SCANDALEUSE DE LA CROISETTE
* N° 157 : LE SAUVAGE DE LA FRANCILIENNE
* N° 158 : BACCHANALES POUR UN MUTANT
* N° 159 : LE COUP DU PLAGISTE
* N° 160 : LE CALVAIRE DE CHARLES-HENRY
* N° 161 : LA PIEUVRE DE BIARRITZ
* N° 162 : LES DÉBORDEMENTS DE M. LE MAIRE
* N° 163 : LE BOUCHER DE LA RUE DES ÉCOLES
* N° 164 : LA VIERGE ÉTERNELLE
* N° 165 : LE FEU DES ENCHÈRES
* N° 166 : LA NURSE DU PROMOTEUR
* N° 167 : LA PETITE REINE DU TOUR
* N° 168 : LE DÉMON DE MINUIT
* N° 169 : LA VESTALE DU TEMPLE LUNAIRE
* N° 170 : SECRETS DE FAMILLE
* N° 171 : LA DRAG-QUEEN DE WESTMINSTER
* N° 172 : LE COMPLOT DES VEUVES
* N° 173 : LE PONT DES SOUPIRS
* N° 174 : LE BAL DES SORCIÈRES
* N° 175 : LES SŒURS DIABOLIQUES
* N° 176 : BONS BAISERS DE ROISSY
* N° 177 : BAGATELLE POUR PHOTOGRAPHE
* N° 178 : LA DÉESSE DE KATMANDOU
* N° 179 : MIRAGE POUR PRIX DE BEAUTÉ
* N° 180 : LES AVENTURIÈRES DU TROPHÉE PERDU
* N° 181 : LA GRIFFE DE L'ANGE
* N° 182 : CYCLONE À L'ÎLE MAURICE
* N° 183 : LA MORSURE DU RENARD
* N° 184 : LA PASSE SECRÈTE DU TORERO
* N° 185 : LE PHILTRE D'AMOUR
* N° 186 : LE TRAQUENARD INDONÉSIEN
* N° 187 : LE SEIGNEUR D'AUDIERNE
* N° 188 : LA CLINIQUE DU DOCTEUR MOREAU
* N° 189 : LA MASCOTTE DU MONDIAL
* N° 190 : LA FEMME INTERDITE
* N° 191 : LE COUP DE FOLIE D'EMMANUELLE
* N° 192 : LE MUSÉE SECRET
* N° 193 : GEISHA SUR CANAPÉS
* N° 194 : ESCAPADES PRÉSIDENTIELLES
* N° 195 : LE LOUP DANS LA BERGERIE
* N° 196 : LES BICHES DE RAMBOUILLET
* N° 197 : LA PISTE DE LA FÉLINE
* N° 198 : LE FIL DU RASOIR
* N° 199 : LE TRAVESTI D'HALLOWEEN
* N° 200 : LES SORTILÈGES DU CASTRAT
* N° 201 : L'ÉNIGME DU GRAND HÔTEL
* N° 202 : SECRETS D'ALCÔVE
* N° 203 : UNE CERTAINE MADAME EDWARDA
* N° 204 : LA DIABLESSE DES ALPILLES
* N° 205 : LES FILLES DE FRANKENSTEIN
* N° 206 : LA VILLA DU CAP D'ANTIBES
* N° 207 : LA SÉQUESTRÉE DES FRANCOFOLIES
* N° 208 : LA COMPAGNIE DES FILLES SANS VOILE
* N° 209 : LA VIDÉO MAUDITE
* N° 210 : LE FRUIT DÉFENDU
* N° 211 : BACCHANALES AUX BAHAMAS
* N° 212 : L'ENLÈVEMENT DES SABINE

N° 213 : LA NUIT DU TOP MODEL
N° 214 : LA MADONE DES CHANTIERS
N° 215 : LES SERVANTES D'APHRODITE
N° 216 : LA SECTE DU CIGARE
N° 217 : LA DOUBLE VIE DU PATRON
N° 218 : LA FORTERESSE DES VOLUPTÉS
N° 219 : L'ALCHIMISTE DU DÉSIR
N° 220 : LES TROPHÉES DU GUERRIER
N° 221 : LES VEUVES NOIRES DU GOLF
N° 222 : LE SWING DE LA COMTESSE NOIRE
N° 223 : LA JUSTICIÈRE DE STRASBOURG
N° 224 : LES COULISSES DU POUVOIR
N° 225 : LA MUSE DU PEINTRE FOU
N° 226 : LE FANTASME DU MANNEQUIN
N° 227 : LA FÉE DES SANS-LOGIS
N° 228 : LA THALASSO DU PLAISIR
N° 229 : LE PURGATOIRE DES ANGES DÉCHUS
N° 230 : LES GLADIATEURS DE MESSALINE
N° 231 : SOURICIÈRE POUR UNE CALL-GIRL
N° 232 : L'AUTOROUTE DU CYBERSEXE
N° 233 : PIÈGE À FILLE AU MONT VENTOUX
N° 234 : LE FANTASME DU VIOLONCELLE
N° 235 : HÔTESSE SPÉCIALE POUR JET PRIVÉ
N° 236 : LE MAUVAIS ANGE DE SIDNEY
N° 237 : LA FAUSSE PISTE DE COURCHEVEL
N° 238 : LA VIERGE GOTHIQUE
N° 239 : LE CLUB DES ENARQUES
N° 240 : LES PENSIONNAIRES DU PARADIS
N° 241 : L'ÉQUIPÉE SAUVAGE
N° 242 : FILLES PERDUES EN ALASKA
N° 243 : LA PRINCESSE DU NÉANDERTHAL

MICHEL BRICE

BRIGADE MONDAINE

LE JEU DU CÉLIBATAIRE

VAUVENARGUES

Les dossiers Brigade Mondaine de cette série sont fondés sur des éléments absolument authentiques. Toutefois, pour les révéler au public, nous avons dû modifier les notions de temps et de lieu ainsi que les noms des personnages ;
Par conséquent, toute ressemblance avec des personnes existantes ou ayant existé serait totalement involontaire et ne relèverait que du hasard...

ISBN : 2-7443-0892-7

CHAPITRE 1

Une place ! À cet endroit, c'était un véritable signe du ciel ! Édouard Masselier enfonça l'accélérateur pour ne pas se faire « voler » le précieux espace de stationnement et gara sa Jaguar XKR décapotable à l'endroit convoité. Celui-ci se trouvait vers le haut de l'avenue George V, dans la courte contre-allée qui commençait au carrefour de la rue François Ier et se terminait un peu avant le célèbre restaurant Fouquet's, sur les Champs-Élysées.

L'envie lui était venue brusquement, en remontant l'avenue quelques instants plus tôt : aller essayer la nouvelle collection de chapeaux pour homme entièrement créée par « Monsieur Albert », le maître chapelier de chez Motsch. Cette ancienne maison avait été rachetée par le sellier de luxe Hermès, qui lui laissait une partie de sa boutique de l'avenue George V. L'endroit était devenu au fil des années un de ces « coins » privilégiés où une poignée de connaisseurs se retrouvaient. Monsieur Albert vous offrait un thé, parfois du champagne, et surtout vous confectionnait avec art le chapeau de vos rêves, sur mesure naturellement, dans la matière de votre choix et aux formes de votre fantaisie. Tout ça n'était pas donné, bien sûr, mais quand on aime, c'est bien connu, on ne compte pas.

Édouard Masselier ne comptait pas non plus quand il allait, comme il venait de le faire, passer une demi-journée chez Marc Delacre, le salon de beauté pour hommes de l'avenue George V. Aujourd'hui, il avait inscrit à son « menu » : massage et soin du corps, soin du visage-lifting avec ampoule spéciale « coup d'éclat », pédicure, sauna-hammam, manucure et coiffure. Entre le hammam et la manucure, vêtu d'un des épais peignoirs de la maison, il avait tranquillement déjeuné dans le salon-restaurant de l'établissement. Pendant ce temps-là, ses chaussures se faisaient cirer et sa Jaguar décapotable était entre les mains attentives du voiturier.

Chaque jour que Dieu faisait, Édouard Masselier se disait que c'était vraiment bon d'avoir à la fois de l'argent et du temps. Du temps qu'on n'était pas obligé de passer à gagner de l'argent, mais qu'on pouvait utiliser à le dépenser… puisqu'il ne s'épuisait jamais.

Édouard Masselier n'était pas un ingrat. Tout les jours, il remerciait ses parents, ex-baba-cools et fondateurs d'une des plus grandes chaînes de magasins de produits bio au monde… et le ciel, qui les avait opportunément fait « dévisser », lors d'une ascension du mont Kenya. Comme ils étaient encordés, l'un avait entraîné l'autre dans sa chute mortelle. Ce qui avait fait profondément réfléchir leur fils et héritier unique sur l'opportunité de se lier à qui que ce soit et de pratiquer les sports de plein air. Il en avait conclu qu'il valait mieux éviter l'un, comme l'autre.

Édouard fréquentait quand même régulièrement un club de gym très chic, doté d'une salle de musculation et d'une piscine privée. Ce n'était pas le tout d'entretenir sa beauté : il allait aussi prendre soin de sa forme, si on voulait pouvoir pratiquer le plus longtemps possible le seul véritable sport auquel il se consacrait assidument : la chasse à la femelle des beaux quartiers.

Au moins, celles-là ne se moquaient pas de son côté un peu seizième, ne lui donnaient pas l'impression qu'elles allaient voler l'argenterie dès qu'elles mettaient les pieds chez lui, ne disaient pas « c'est quoi, c'truc-là ? » quand on leur servait du caviar. Elles ne portaient – du moins, en principe ! – ni tatouages, ni piercings, ne s'habillaient pas comme des chanteuses de « Star Academy », et surtout, elles se lavaient. Les cheveux… et le reste.

Bref, aux yeux d'Edouard Masselier, elles n'avaient que des qualités.

De plus, les filles des beaux quartiers étaient beaucoup plus belles, en moyenne, que les autres.

Masselier avait là-dessus une théorie qu'il exposait volontiers à qui voulait l'entendre.

Dans les beaux quartiers, disait-il, vivaient les hommes fortunés. Les hommes fortunés épousaient ou s'accouplaient avec des jolies femmes – souvent des mannequins, qui représentaient pour eux l'ultime signe extérieur de réussite, eux-mêmes représentant pour elles le placement de leur vie, la meilleure manière de faire fructifier leur capital-beauté. Les filles qui naissaient de ces unions étaient donc plus belles que la moyenne, puisque, pour résumer, les femmes des riches étaient plus belles que celles des pauvres. Les filles des beaux quartiers étaient donc plus belles que les autres. CQFD[1] !

Fort de cette théorie, et de toutes les qualités qu'il leur trouvait, Édouard Masselier draguait exclusivement les belles filles des beaux quartiers, estimant que les autres ne représentaient qu'une perte de temps.

Et comme du temps, justement, il en avait à revendre… ses conquêtes étaient plus nombreuses que celles d'une rock star en tournée. Quoique d'un genre très différent.

En plus, il avait la chance d'avoir été doublement gâté par ses parents : financièrement, mais aussi physiquement, avec sa stature athlétique, ses cheveux noirs légèrement bouclés, ses yeux dont la couleur sombre leur donnait une intensité – avait-il cru remarquer – irrésistible. À laquelle, en tout cas, peu de femmes résistaient.

Juste avant de descendre de voiture, il eut le réflexe qu'il avait toujours : il se regarda dans le rétroviseur, « cadrant » ses yeux en gros plan comme Sergio Leone le faisait dans ses « westerns-spaghetti », sur les yeux de Charles Bronson ou Henry Fonda. Avec le soleil qui, de face, donnait un éclat

1. « Ce qu'il fallait démontrer ! » (CQFD) Formule de conclusion de démonstration, bien connue des scientifiques et des universitaires.

supplémentaire à son regard... il regretta que cette image ne soit pas incluse dans un film. Enfin, il ébouriffa soigneusement ses cheveux du bout des doigts, pour leur donner ce « savant négligé » qui illustrait si bien son style : propre sur lui, bcbg, mais avec un zeste d'insolence provocatrice. Bref, le genre de cocktail qui faisait sur une femme normalement constituée l'effet d'un aphrodisiaque sur une nymphomane.

Justement, à cet instant précis, son vœu le plus cher était de faire cet effet à une femme. N'importe laquelle, pour peu qu'elle corresponde à ses critères de choix, naturellement. Une femme qui tomberait instantanément sous son charme et se laisserait convaincre d'aller quelque part faire l'amour, là, tout de suite, sans avoir échangé plus de quelques mots. Sans même se connaître. Sans rien savoir de l'autre que cette envie qu'on avait de lui, ou d'elle. Cette envie brutale, soudaine... et réciproque.

Il faut dire qu'en début d'après-midi, juste après son déjeuner accompagné d'un ou deux verres de grand bordeaux, Edouard Masselier était toujours pris d'une irrésistible envie de faire l'amour.

Bien sûr, il avait son petit carnet d'adresses confidentiel, plein de noms et de téléphones de filles superbes qui « recevaient » chez elles, sur un simple coup de fil préalable pour prendre rendez-vous. Ces professionnelles vous faisaient passer un moment qui valait largement les quelques centaines d'euros qu'elles demandaient en échange. De plus, Édouard était traité en client privilégié, appartenant à une catégorie d'habitués fortunés, hélas en voie d'extinction.

Il se répétait souvent cette phrase extraite d'un dialogue de Michel Audiard : « Les prostituées sont des femmes qui vous donnent beaucoup de choses, pour relativement peu d'argent. »

L'ennui, c'est qu'il en avait un peu asssez de ces filles qui écartaient les cuisses sur un coup de fil. Plus il avançait en âge – il allait sur ses trente-six ans – plus il éprouvait le besoin de conquête... à condition que celle-ci ne soit pas trop difficile quand même. Un peu comme si le réflexe du chasseur, qu'il n'avait pourtant jamais éprouvé « jeune homme », se rappelait soudain à lui comme un instinct primitif trop longtemps oublié.

Avant de pénétrer dans la boutique, il admira encore son reflet dans la vitrine, tout en étudiant le contenu de celle-ci. Puis il entra et se mit à faire le tour de la partie chapeaux du magasin, avec la démarche nonchalante de l'habitué d'un endroit de luxe, qui sait que – là comme ailleurs – il sera systématiquement traité avec une considération frôlant l'obséquiosité. Après tout, « monsieur Albert » vivait grace à lui et une poignée d'autres clients, soit très âgés, soit jeunes et suffisamment excentriques pour porter des chapeaux à une époque où pratiquement plus personne n'en portait. Bref, une espèce en voie de disparition, et choyée comme telle.

Édouard Masselier essaya tour à tour un bob d'alpaga imperméable à poche zippée, une casquette toilée à longue visière, quelques couvre-chefs de ville en feutre à bords roulés... Rien ne provoquant chez lui l'irrésistible impulsion qui conduisait à l'achat, il laissa ses pas le conduire dans l'autre partie du magasin, la boutique Hermès à proprement parler.

Ce fut à ce moment-là qu'il la vit.

À une dizaine de mètres de lui, une fille à qui il attribua au premier coup d'œil le qualificatif « sublime » était en train de farfouiller dans un élégant parapluie de golf ouvert, posé à l'envers sur un meuble, et contenant un amoncellement de foulards jetés en vrac. Encore un « savant négligé »…

Les foulards, l'œil de connaisseur d'Édouard Masselier les reconnut immédiatement : c'étaient les fameux « carrés Hermès », ces vastes carrés de soie aux motifs élégants et classiques, souvent inspirés de la chasse à courre, du golf, de l'époque des fiacres, etc. Chacun d'entre eux coûtait plus de trois cents euros.

Mais qu'importe les foulards : c'était la fille qui monopolisait son attention. Elle en portait un autour de la tête, façon Grace Kelly ou Jacky Kennedy dans les années soixante, avec de grosses lunettes de soleil carrées, style Ray-Ban. L'ensemble était d'une élégance anachronique qu'Edouard Masselier trouva absolument irrésistible. Presque autant que les longues jambes de la fille, moulées dans un pantalon de toile claire étroit du bas, ses mocassins à pompons, et son chemisier en daim, soulevé par une poitrine haute, volumineuse et ferme.

Son foulard cachait ses cheveux, mais quelques mèches brunes s'en échappaient, tombant sur son front. Elle était concentrée sur l'examen des « carrés » comme une experte en art authentifiant un tableau de maître, une moue boudeuse traduisant cette application.

L'élégance de sa tenue et la sûreté de ses goûts ne laissaient place à aucun doute : c'était bien une bourgeoise, une de ces filles élevées dans le luxe sans mauvaise conscience, telles qu'Édouard Masselier les aimait. De plus, elle était ravissante – malgré son visage en partie dissimulé, Édouard n'en doutait pas – … et foutue comme une déesse.

Masselier se redressa, écartant les épaules et rentrant le ventre, et se dirigea vers la fille. Il arriva sur elle par-derrière et plongea à son tour la main dans l'enchevêtrement de foulards. Il en sortit un, au hasard, qui représentait une station balnéaire stylisée art-déco et ses baigneurs chics, dans les années vingt.

– Je crois que celui-là vous irait merveilleusement, susurra-t-il dans l'oreille de la fille.

Il s'attendait vaguement à ce qu'elle sursaute, pousse éventuellement un petit cri de surprise…

Au lieu de ça, elle tourna lentement le visage vers lui et esquissa un sourire. Il ne s'était pas trompé : elle était d'une beauté à couper le souffle.

– Vous croyez ? dit-elle d'une voix suave.

– J'en suis sûr. Cela dit, avec ce beau temps, on se demande si un foulard est bien nécessaire…

Le sourire un peu mystérieux de la jeune femme s'accentua. Édouard Masselier s'interrogeait sur la couleur de ses yeux, derrière ses lunettes.

– Je porte toujours un foulard sur mes cheveux quand je roule en décapotable, dit-elle.

Masselier sentit un flot d'adrénaline se ruer dans ses veines :

– Vous... vous êtes en décapotable ? fit-il, perdant presque ses moyens.

– Non. Mais vous, oui, répliqua la fille au carré Hermès. Une Jaguar XKR gris métallisé, garée devant la porte ?

Masselier eut un petit rire satisfait. Elle l'avait remarqué ! Lui ou sa voiture, ça revenait au même.

– Je ne savais pas que vous vous étiez aperçue de ma présence, fit-il, faussement modeste.

Barbara – puisque c'était comme ça qu'elle avait décidé de s'appeler aujourd'hui – ne quitta pas des yeux son interlocuteur, mais son sourire s'effaça. Aux dernières paroles qu'il avait prononcées, elle venait de reconnaître Marc. Enfin... un type du même genre que Marc. Et beaucoup d'autres comme lui. Tous ces dragueurs machos, ces coqs sûrs d'eux, prêts à toutes les acrobaties, à n'importe quelles bassesses, pour la mettre dans leur lit. Et pour qui elle cessait d'exister, dès qu'ils avaient obtenu ce qu'ils désiraient.

Oui, celui-là était comme Marc. Et comme les autres : superficiel et vaniteux. « Je suis sûr qu'il s'est regardé dans la vitrine avant d'entrer », pensa-t-elle. Et pire que tout, il avait le physique de Marc : son allure de playboy, sa silhouette d'athlète grec, ses yeux de séducteur méditerranéen...

Tout ce qu'elle détestait.

Et tout ce qu'elle aimait.

Au point d'être incapable d'y résister.

Comme elle avait été incapable de résister à Marc. Son premier véritable amour… et son dernier.

Du coin de l'œil, elle avait repéré celui-là pendant qu'il faisait son créneau, mais elle avait fait semblant de rien. Elle savait – oui, elle *savait* – qu'à un moment ou un autre, il allait venir vers elle pour lui déballer son petit numéro de chien en chaleur. Il lui avait sorti son sourire de gigolo, sa grosse voiture… il ne s'en fallait pas de beaucoup qu'il lui sorte aussi sa queue. Histoire de lui donner un avant-goût de la superbe récompense qui l'attendait, si elle se montrait sage et docile…

Elle retrouva son sourire pour affirmer :

– Je remarque toujours un homme qui roule en décapotable. Surtout quand elle est aussi belle que celle-là. Et surtout quand… le propriétaire a autant d'allure que sa voiture.

C'était direct, et inattendu. Édouard Masselier, peu habitué à être l'objet d'un rentre-dedans aussi précoce, en avala péniblement sa salive. Mais il sentit une grosse boule de chaleur se former au bas de son ventre, en même temps que se dessinait dans son cerveau cette certitude : c'était gagné !

S'il manœuvrait correctement, tout en finesse et sans faire de gaffe, c'était dans la poche et il avait toutes les chances de « conclure », comme disait Michel Blanc dans « les Bronzés ». En clair, de faire l'amour avec cette fille dans les plus brefs délais.

– Puisque vous aimez les décapotables et les hommes qui les conduisent, fit-il d'une voix aussi veloutée que possible, est-ce que je peux me permettre de vous offir les deux en même temps, c'est-à-dire une petite promenade… À moins que vous souhaitiez simplement que je vous dépose quelque part ?

– Je n'ai rien contre une petite balade en cabriolet, répondit la fille, c'est une manière agréable de voir Paris quand il fait beau. Mais à condition de ne pas rouler pour rien et que cette balade conduise quelque part.

Édouard Masselier sourit de toutes ses dents, qu'il faisait blanchir une fois par mois aux rayons laser :

– Entièrement de votre avis. Et vous avez une idée, quant à la destination ?

La fille au carré Hermès eut une moue évoquant la Brigitte Bardot de la grande époque.

– Pourquoi pas chez vous, dit-elle. Vous avez bien un peu de champagne à m'offrir, non ?

– Champagne, vodka, tout ce qu'il vous plaira. Le bar est ouvert et n'attend que vous.

La fille eut un sourire entendu et se dirigea vers la caisse avec les trois « carrés » qu'elle avait choisis dans le parapluie… plus celui que Masselier avait sorti du lot. Il insista pour le lui offrir et elle se laissa faire, après n'avoir opposé qu'une résistance de principe. Il sourcilla un peu en la voyant payer en liquide – près de mille euros en espèces –, mais oublia aussitôt ce détail. Chacun avait ses manies concernant l'argent. Ses préoccupations à lui étaient ailleurs, ciblées sur ce corps de rêve qu'il détaillait déjà à travers la tenue « sport-chic » sixties de la fille. Quand elle se posa dans la Jaguar très basse, il réussit à glisser un œil par l'entrebâillement de son chemisier en daim, où il aperçut le délicat balconnet d'un soutien-gorge de dentelle blanche, et la naissance d'une poitrine massive évoquant deux pamplemousses serrés l'un contre l'autre dans un filet à provisions.

Édouard Masselier s'installa au volant et, avec des gestes souples de playboy élégant, habitué aux sportives de luxe, lança la XKR dans l'avenue George V, en direction de l'Alma.

– Au fait, dit-il, même si on ne raconte pas notre vie, on pourrait quand même échanger nos prénoms. Moi, c'est Édouard.

– Barbara, lâcha la fille sans tourner la tête vers lui.

Il la considéra du coin de l'œil, tout en conduisant. Il était fasciné par ce profil boudeur et sculptural, par ce mystère qu'elle dégageait, et pas seulement à cause du foulard et des lunettes. Non, il y avait autre chose qui émanait d'elle ; une sorte de secret dont elle s'auréolait pour en faire un accessoire de beauté, une touche finale qui venait compléter son charme envoûtant, comme deux gouttes d'un parfum rare, déposées à la base du cou.

Ce coq si satisfait de lui-même, qui pilotait sa « Jag » comme si c'était le prolongement de sa virilité, ne pouvait pas avoir la moindre idée de ce qui venait de se passer juste à côté de lui. Elle-même, d'ailleurs, n'avait pu que constater le phénomène. Mais une fois de plus, elle avait été incapable de le voir venir. Encore moins de le juguler.

Sans prévenir, « l'autre » avait pris le dessus. Son

espèce de sœur jumelle venait de prendre les commandes de son cerveau, et toute sa personnalité avait basculé entièrement de son côté à elle.

« Elle », c'était la gamine des beaux quartiers, élevée dans un collège catholique, qu'elle avait été jadis. Une jeune fille de bonne famille, aux parents attentifs à son éducation, et sage comme une image. Une « vraie jeune fille », comme on disait autrefois. C'est-à-dire vierge. Qui se « réservait », comme on disait encore, pour son futur mari. Son prince charmant, son chevalier blanc... et tous ces clichés pour midinettes, un peu ridicules, mais auxquels elle croyait dur comme fer.

Son prince charmant, elle avait fini par le rencontrer, dans un café du boulevard Saint-Germain, non loin de Sciences-Po. Il s'appelait Marc. Tout de suite, celle qui, aujourd'hui, se faisait appeler Barbara, avait eu le coup de foudre pour ce beau brun athlétique et bouclé, aux yeux de braise. Il était brillant, et en plus, d'une excellente famille ; son père était ingénieur, sa mère s'occupait d'une ligne de cosmétiques chez l'Oréal, lui-même préparait Sciences-po et projetait de faire l'Ena, avant de faire carrière dans la haute administration. Les parents de Barbara le considéreraient sûrement comme le gendre idéal.

Mais comme elle n'était pas certaine de leur réaction, c'était en secret que Barbara s'était mise à sortir régulièrement avec Marc. En refusant, par fidélité à ses principes un peu vieillots, de coucher avec lui avant le mariage. Marc, très gentleman, l'acceptait. Ou du moins, faisait semblant de l'accepter...

Parce qu'un jour… ou plutôt, un soir, il l'avait emmenée dans la maison de campagne d'un de ses amis, et lui avait demandé, pour lui faire plaisir, d'essayer une tenue qu'il avait achetée spécialement pour elle. C'était une sorte de combinaison en latex noir qui recouvrait entièrement le corps, la tête, et le visage. Même les pieds, avec de hautes semelles incorporées dans la panoplie. Il y avait des cercles de métal muni d'anneaux autour du cou, des poignets et des chevilles. Et des fermetures Éclair un peu partout.

La jeune et innocente Barbara n'avait jamais vu une chose pareille, et elle avait été prise d'un début de panique. Mais Marc avait insisté. Gentiment, mais fermement, pour qu'elle enfile la tenue en question. Pour lui faire plaisir. Oui, c'est vrai, il trouvait ça sexy, et alors ? Qu'est-ce qu'il y avait de mal ? Il avait envie de la regarder, ainsi vêtue, c'était tout. Elle n'allait pas lui refuser ce petit plaisir…

Barbara s'était exécutée, avec l'aide de Marc, qui l'avait gentiment assistée.

Mais aussitôt qu'elle avait été totalement harnachée, tout avait basculé en quelques secondes.

Marc avait attaché les mains de Barbara derrière son dos, à l'aide des cadenas prévus à cet effet. Puis, il avait fait passer une chaîne dans l'anneau de son cou et l'avait fixée à deux murs opposés de la pièce où ils se trouvaient. Deux points de fixation situés assez bas pour obliger Barbara à s'agenouiller et l'empêcher de se relever.

Alors, Marc avait revêtu à son tour une combinaison en latex. Mais moins étouffante, puisqu'elle lui laissait le torse et le visage à l'air libre. Le torse, le visage… et le sexe, grace à une large ouverture pratiquée entre les jambes.

Il avait tamisé les lumière, ouvert une porte… et plusieurs hommes étaient entrés, vêtus comme lui ou à peu près.

C'est alors que l'enfer s'était ouvert sous les pieds de Barbara. Tour à tour, chacun des hommes présents avait abusé d'elle en ouvrant simplement l'une des fermetures Éclair de sa combinaison… dont la jeune femme s'était aperçue à ce moment-là qu'elles se trouvaient à des endroits « stratégiques » : sa bouche, ses seins, l'anneau plissé de ses reins… et la fente nacrée de sa féminité encore intacte.

Elle avait été déflorée sauvagement, bestialement, par un inconnu qui n'était même pas son « fiancé » et qui lui avait arraché des cris de souffrance en la pénétrant sans la moindre précaution. Mais ce n'était rien, à côté de celui, membré comme un taureau, qui avait violé le puits de ses reins, lui faisant pousser des hurlements d'agonie.

Cinq, six… Elle ne savait pas, au juste, combien ils étaient. Elle ne savait même plus depuis combien d'heures ils se servaient d'elle ainsi, comme d'une vulgaire poupée gonflable…

Mais là où elle avait atteint le fond de l'horreur et de l'humiliation, c'était quand l'un d'entre eux l'avait utilisée comme un urinoir vivant, pissant contre son visage recouvert de latex. Par le zip resté ouvert devant sa bouche, elle avait bu malgré elle un peu de ce liquide chaud et nauséabond. Et elle avait vomi.

Ce qui avait provoqué ce vomissement, c'était moins le goût immonde de l'urine dans sa bouche que de reconnaître, au même moment, la voix de Marc.

C'était lui, son fiancé, son « prince charmant », qui lui faisait subir cette dégradation sans nom !

La « soirée » terminée, Marc avait libéré Barbara et lui avait expliqué qu'il l'aimait, mais que ce à quoi elle venait de participer malgré elle constituait son plaisir sexuel préféré, et qu'il tenait absolument à ce qu'elle apprenne à partager sa passion secrète. Il était un adepte convaincu du « sm », du « bondage », et ce depuis longtemps, et n'envisageait pas que la femme de sa vie reste à l'écart d'une partie aussi importante de la sienne. Il savait bien qu'elle aurait refusé, s'il lui avait demandé, en termes clairs, de s'initier au rôle d'esclave, un rôle capital dans sa petite mythologie personnelle. Alors, il avait eu l'idée de ce stratagème, pour… lui forcer la main.

De tout son cœur, il espérait qu'elle ne lui en voulait pas, qu'elle comprendrait et qu'elle ne l'en aimerait que davantage pour son honnêteté et sa franchise.

Comme lui, déjà, l'aimait encore plus qu'avant.

Barbara s'était forcée à sourire. D'une voix douce et soumise, elle lui avait promis d'essayer..

Tout en se jurant mentalement de le tuer.

Ce qu'elle avait fait trois jours plus tard.

Ça avait été plus facile que prévu.

Elle avait simplement annoncé plusieurs choses à Marc : un, qu'ayant été dépucelée de force, elle n'avait plus de raison de se priver de sexe jusqu'au mariage ; deux, qu'elle avait envie de faire l'amour ; trois, qu'elle désirait essayer une chose dont elle avait entendu parler et qui devrait lui plaire, puisqu'elle s'inscrivait assez bien dans ses tendances sexuelles : attacher son partenaire aux montants du lit avant de lui faire subir les… « derniers outrages ».

Marc avait accepté avec empressement, ravi de voir que son éducation « prenait » aussi vite sur son « élève ».

Le soir même, dans la « garçonnière » de Marc, avenue Victor-Hugo, Barbara lui avait attaché les poignets et les chevilles aux montants de son lit. Puis, après quelques préliminaires sexuels destinés à endormir sa méfiance, elle avait commençé à lui serrer autour du cou le carré Hermès qu'elle avait dans son sac et que sa mère lui avait offert. « J'ai lu que ça accentuait l'érection », avait-elle prétexté à Marc, qui avait souri : « Il paraît, oui. »

Alors, Barbara avait serré… serré… et Marc s'était payé une superbe érection, en effet.

La dernière.

Quelques instants après, il était mort, presque sans s'en apercevoir.

Presque… Car à l'ultime seconde, il avait compris, en voyant le regard de Barbara, ce qu'elle était en train de faire. La panique horrible qu'elle avait lue dans les yeux de son violeur l'avait vengée en un instant de ce que cette ordure lui avait fait subir.

Elle avait récupéré son carré Hermès (elle y tenait), s'était rhabillée, et avait quitté la « garçonnière » de Marc sans croiser qui que ce soit.

Personne, par la suite, ne l'avait inquiétée, ne lui avait posé la moindre question.

Logique, puisqu'elle sortait avec Marc en cachette de tout le monde, qu'elle ne connaissait aucune de ses relations à lui et qu'il ne connaissait aucune des siennes. Même les hommes de ce fameux soir ne pouvaient pas savoir qui elle était, puisque, quand ils avaient abusé d'elle, elle avait le visage recouvert d'un masque de latex.

Barbara avait repris sa vie, aussi normalement que possible, en s'efforçant d'oublier ce salaud de Marc.

Malheureusement, son fantôme était revenu la hanter.

Sous d'autres formes.

En la personne de plusieurs hommes, qui avaient plus ou moins les origines sociales de Marc, appartenaient au même environnement professionnel, bref, avaient le même « profil ». Et surtout, qui lui ressemblaient physiquement.

Quand elle avait eu une liaison avec le premier d'entre eux, un certain Johan, elle avait espéré qu'il lui ferait oublier Marc et l'aiderait à redevenir une fille « normale », prête à aimer et à se laisser aimer.

Mais une phrase qu'il avait prononcée, un geste qu'il avait eu – elle ne savait même plus lesquels – en trahissant soudain une certaine superficialité, une touche de narcissisme… avaient réveillé chez Barbara les pulsions meurtrières qu'elle croyait définitivement endormies.

Elle avait tué Johan de la même manière qu'elle avait tué Marc.

À un détail près.

Cette fois, en quittant l'appartement de sa victime, elle avait laissé autour de son cou le carré Hermès qui avait servi à l'étrangler.

Une sorte de signature dont l'idée lui était venue soudain, et qui l'avait amusée.

Une signature sans risque, puisqu'il est difficile de relever des empreintes sur du tissu. Quant au « carré »... les différents magasins Hermès de France et d'ailleurs en vendaient des centaines chaque jour.

Barbara avait rencontré un autre garçon du même genre que Marc et Johan. Puis un autre. Et encore un autre...

Chacun d'entre eux avait éveillé chez elle ce mélange d'attirance irrésistible... et de haine farouche.

Et l'un après l'autre, elle les avait tués. De la même manière. En laissant derrière elle, à la fois par coquetterie et par provocation, cette même « signature » : un élégant foulard de soie de la célèbre marque.

Au début, elle avait essayé de lutter contre ces pulsions meurtrières.

Puis, elle y avait renoncé. Parce que ces meurtres étaient devenus un plaisir. Un besoin. Et surtout, parce qu'elle avait compris que sa sexualité, sa « tendance » à elle, c'était ça. Pour certains, comme pour Marc, c'était le « sm » ou le « bondage » ; pour d'autres la scatologie ou la banale homosexualité... elle, c'était ce plaisir comparable à nul autre, quand son partenaire comprenait soudain qu'il allait mourir entre ses mains, qu'il voulait crier mais qu'aucun son ne sortait plus de sa gorge, que la peur hideuse se lisait dans ses yeux... et qu'il se payait en guise de cadeau d'adieu une formidable érection.

Érection dont Barbara avait d'ailleurs pris l'habitude de profiter à titre posthume.

Une érection qui, d'après elle, était la meilleure de toutes.

Édouard Masselier gara sa Jaguar dans le parking de son immeuble, avenue Émile Deschanel, tout près du Champ-de-Mars. Deux minutes plus tard, la dénommée Barbara le précédait dans son superbe appartement dont les balcons ouvraient sur la tour Eiffel.

Masselier installa son invitée au salon, lui demanda ce qu'elle voulait boire et s'excusa, le temps d'aller chercher le champagne qu'elle avait choisi. Quand il revint, armé d'une bouteille glacée et de deux flûtes, il la trouva dans sa chambre à coucher.

Entièrement nue et allongée sur son lit.

Il se figea, debout dans l'encadrement de la porte, une boule dans la gorge. Il se sentait s'ériger à toute vitesse dans son pantalon de lin. La fille ne devait voir que ça. Mais après tout... elle ne pouvait le considérer que comme un compliment.

Masselier remarqua qu'elle jouait négligemment avec l'un des foulards de soie qu'elle venait d'acheter.

Ou plus exactement, celui qu'il lui avait offert.

Délicate attention...

Elle lui fit signe d'approcher et de les servir.

Ils trinquèrent, vidèrent leurs verres, puis Barbara ordonna à son partenaire de se déshabiller complètement et de s'allonger sur son lit.

– Je vois que tu es équipée… fit Masselier quand la jeune femme sortit plusieurs cordelettes en nylon de son sac à main.

– Il faut toujours être prête, fit-elle, mutine, on ne sait jamais quand une occasion va se présenter…

Elle ne mit pas plus de deux ou trois minutes pour attacher solidement les chevilles et les poignets de son partenaire aux montants du sommier…

Puis elle s'installa à genoux entre ses jambes, jouant toujours avec son foulard Hermès, qu'elle se mit à faire glisser malicieusement sur la virilité gorgée de désir qui palpitait sur le ventre de son propriétaire, comme un chien de chasse impatient. Elle taquina longtemps le membre turgescent, nouant son foulard autour de lui comme une petite fille habillant une poupée, faisant glisser toute la longueur de la soie sur le point le plus sensible de ce délicat morceau d'homme…

Enfin, elle se décida à l'enfourcher. Édouard Masselier poussa un râle d'extase en se sentant s'enfoncer dans ce puits de miel, dont les parois brûlantes le serraient comme un délicieux étau et coulissaient autour de lui comme une bouche avide.

En plus, la fille était aussi superbe, nue, qu'il se l'était imaginée. Une croupe sensuelle, des cuisses pleines, des seins lourds et voluptueux qui tressautaient à chaque fois que leur propriétaire se laissait retomber avec force sur le pieu de chair qui la traversait. Et, au bas du ventre plat et soyeux, un buisson luxuriant et bouclé qui, comme une forêt tropicale, dégageait des parfums mystérieux et enivrants.

Édouard Masselier était aux anges. Il sourit béatement quand Barbara noua autour de son cou le carré Hermès qu'il lui avait offert et commença à serrer.

À son agréable surprise, il sentit son érection se durcir et augmenter de volume… ce qu'il n'aurait pas cru possible, excité comme il l'était déjà.

– C'est bon, non ?… lui susurra Barbara à l'oreille.

– Oui, réussit à articuler Masselier. Et… pour toi ?

La fille eut un sourire de tigresse :

– Pour moi, c'est encore meilleur. Mais dans quelques instants, ça va être carrément sublime.

– Pourquoi ? Tu… vas jouir ?

Elle serrait tellement, à présent, qu'il avait eu du mal à prononcer ces mots.

– Oui, feula-t-elle en approchant son visage du sien à le toucher. Et tu sais ce qui va provoquer cet orgasme : la formidable érection que tu vas te payer en crevant.

La lueur de panique que Barbara guettait toujours dans le regard de ses proies, à l'instant de leur mort, apparut dans les yeux de Masselier. Elle en éprouva un surcroît d'excitation qui l'amena au bord de l'orgasme.

L'homme à la Jag, terrifié, s'agitait vainement dans ses liens, ce qui n'eut pour effet que de lui scier les chairs avec les cordages en nylon, et d'empaler plus profondément encore Barbara sur sa virilité.

Il essaya de hurler, mais cette fois, aucun son ne sortit de sa gorge.

À présent, la jeune femme poussait des gémissements de féline en chaleur, violemment possédée par son mâle après une trop longue attente.

Masselier, fou de panique, se débattait hystériquement, tout en faiblissant déjà.

Barbara continua à serrer, de plus en plus fort.

Soudain, elle sentit en elle le membre de son partenaire gonfler d'un seul coup, atteignant des proportions incroyables. L'instant d'après, il se mit à cracher au fond de son ventre de longs et violents jets de semence, dont Barbara eut l'impression qu'ils la fouettaient de l'intérieur.

L'orgasme de sa proie déclencha le sien.

Sans cesser de tirer en sens opposés les deux extrémités de son foulard, Barbara se laissa emporter par un raz de marée d'une telle violence qu'elle faillit en perdre connaissance. Tout son corps se mit à trembler et elle laissa échapper un interminable hurlement, avant de retomber, inerte, sur la poitrine d'Édouard Masselier.

En ouvrant les yeux, quelques instants plus tard, elle constata que le « bellâtre » à la Jaguar avait cessé de vivre, ce dont elle ne fut ni surprise, ni affolée.

Le plus tranquillement du monde, elle prit une douche dans sa salle de bains, se rhabilla, et, juste avant de quitter l'appartement, vint jeter un dernier coup d'œil à l'homme qu'elle venait de tuer.

Elle n'éprouvait aucun remords. Juste ce merveilleux bien-être que peut ressentir une femme comblée, qui vient de s'offrir un fabuleux orgasme.

Elle n'eut même pas de regret, comme ça lui arrivait parfois, à l'idée d'abandonner, autour du cou de sa victime, un de ses précieux carrés Hermès.

Celui-là, c'était lui qui le lui avait offert, et elle n'avait pas cru devoir lui dire qu'il ne lui plaisait pas.

C'était sans état d'âme qu'elle venait de le lui rendre.

CHAPITRE 2

Le commandant de police Boris Corentin, as des as des Affaires recommandées, section reine de la Brigade mondaine, leva son verre pour en faire miroiter le contenu au soleil. C'était un excellent cru de sancerre rosé, qui correspondait parfaitement à sa bonne humeur et à la satisfaction qu'il éprouvait à être là où il se trouvait. Là, c'est à dire à la terrasse d'un bon restaurant aux spécialités de terroir qui s'appelait justement « le Sancerre », avenue Rapp, près du Champ-de-Mars, en compagnie d'un vieux copain qu'il n'avait pas vu depuis longtemps, le commandant Francis Lejeune, de la Brigade Criminelle. La « Crim », en jargon policier. Il faisait beau, le repas s'annonçait excellent, et c'était Francis qui invitait : trois raisons pour Corentin de trouver que la vie, à ce moment précis, n'était pas désagréable.

– Figure-toi que je me disais justement, depuis un certain temps, que j'allais t'appeler pour te proposer une petite bouffe, fit Boris après avoir dégusté une gorgée de sancerre. Tu m'as devancé de peu. En tout cas, tu as eu une bonne idée. C'est vrai, quoi, on travaille dans la même boîte et on ne se voit jamais.

Le commandant Francis Lejeune, qui avait à peu près le même âge que Boris, mais en blond légèrement dégarni et un peu enveloppé, sourit malicieusement derrière son propre verre de sancerre :

– Je suis content que ça te fasse plaisir, Boris, fit-il. Parce que justement... on risque de se revoir pas mal, dans les semaines qui viennent.

Corentin enregistra les paroles de son collègue, mais ne répondit pas tout de suite. Il était occupé à sourire à la serveuse, une petite brune sexy qui portait un jean serré et un pull col en V moulant sans rien en dessous. Quand elle se pencha pour déposer devant Boris et Francis leurs omelettes aux cèpes, Corentin eut un flash étourdissant sur ses seins lourds et laiteux, qui se balançaient sous la laine du pull et la traversaient presque de leurs pointes. La fille remarqua le regard de Boris et au lieu de s'en offusquer, lui adressa un sourire accompagné d'un clin d'œil. Autant dire une invitation à venir faire plus ample connaissance avec ce qu'il n'avait fait qu'entrevoir...

Boris enregistra la proposition en la mettant mentalement de côté... pour plus tard.

Dans son esprit, un clignotant rouge s'était allumé après la dernière phrase de Lejeune, qui ne pouvait signifier qu'une chose : ce court moment de bonheur, cette espèce de « déjeuner sur l'herbe » en plein Paris allait déboucher sur quelque chose de beaucoup moins réjouissant.

Son attention se recentra sur son collègue et ami.

– Est-ce que par hasard, fit-il, tu m'aurais invité à déjeuner avec une idée derrière la tête ?

Francis Lejeune eut un sourire à peine gêné. Il savait bien que Boris, par principe, s'attendait toujours à un coup comme celui-là, et ne ferait que semblant de lui en vouloir.

– Je vois que tes instincts de chien de chasse sont toujours aussi affûtés, mon Boris. Oui, c'est vrai, j'avoue : j'ai une affaire à te soumettre... Mais j'étais sincère en disant que ça me faisait plaisir de te revoir !

– Je n'en doute pas, camarade, rigola Corentin. Allez, accouche, puisque tu es là pour ça !

Lejeune prit le temps de s'octroyer une nouvelle lampée de sancerre et une bouchée d'omelette aux cèpes, avant d'attaquer :

– La tueuse au foulard Hermès, ça te dit quelque chose, j'imagine ?

Corentin ne put s'empêcher de sourire :

– Évidemment ! Les collègues ne parlent que de cette affaire, depuis huit jours. Alors comme ça, c'est toi qui as hérité du bébé ? Félicitations !

L'homme de la « Crim » eut un hochement de tête contrit :

– Tu parles ! C'est vraiment le genre de cadeau dont je me passerais volontiers. En haut lieu, on est terrifié à l'idée que la presse s'en empare ! Tu ne peux pas t'imaginer la pression que je subis, de la part...

– Du patron de la P.J., qui lui-même se fait mettre la pression par le ministre de l'Intérieur... Je connais, merci. Ce que je ne vois pas très bien, c'est en quoi je peux t'être utile. Ce n'est quand même pas cette histoire de carré Hermès, certes un accessoire très chic, qui vous a donné l'idée de passer l'affaire à la Mondaine ?

Lejeune eut un rire sec :

– Non… quand même pas. D'ailleurs, si j'ai pensé à toi, ce n'est pas à cause de l'arme du crime – ou plutôt DES crimes –, ni à cause de la tueuse, mais à cause des victimes. Qui, depuis la semaine dernière, sont au nombre de huit, je te le rappelle au passage.

– C'est vrai que ça commence à faire beaucoup, admit Boris. Je comprends qu'ils s'énervent, en haut lieu. Mais quel rapport entre moi et ces pauvres types ?…

Pour toute réponse, Francis Lejeune sortit une enveloppe de papier kraft de la poche intérieure de son blouson et en sortit un jeu de clichés couleur, format 13 X 18. Il les tendit à Corentin, qui se mit à les examiner attentivement.

Il y en avait huit : un par crime. Tous représentaient un homme nu, attaché par les poignets et les chevilles aux montants d'un lit, dans un décor plutôt cossu. Chacun de ces hommes avait les yeux exorbités et la langue pendante – le faciès-type de la strangulation –, et autour du cou, « l'arme » qui avait servi à mettre fin à ses jours : un superbe carré Hermès.

– Ben oui, fit Boris, en gros, ça correspond à ce que j'ai lu et entendu : des types qui se laissent attacher pour jouer à des petits jeux sexuels, et que leur partenaire étrangle en profitant du fait qu'ils sont immobilisés.

Lejeune pointa sa fourchette pleine d'omelette en direction des photos :

– Bien sûr. Mais regarde-les bien, tous ces types… Tu ne remarques rien ?

Boris étudia les photos une seconde fois avec une moue perplexe. Puis d'un seul coup, l'évidence lui apparut, lumineuse, aveuglante, dans un flash qui lui fit pousser un juron.

– Mais, fit-il… c'est moi !

– Tu l'as dit, bouffi, jubila Lejeune.

– Ça alors !… continua Corentin. Tous ces types me ressemblent ! Même stature ou à peu près, même genre de visage… tous bruns bouclés aux yeux noirs…

Lejeune termina sa bouchée d'omelette :

– Exactly ! Je ne dis pas que ce sont des sosies, mais ils ont quand même un air de famille assez frappant, tu ne trouves pas ?

Sous le coup de la stupéfaction, Boris hocha pensivement la tête, sans répondre.

– Évidemment, poursuivit Lejeune, ils ont aussi en commun une chose qu'un pauvre flic fauché comme toi ou moi n'est pas près d'avoir : le pognon. Tous ces hommes étaient des fils de famille, très Neuilly-Auteuil-Passy, si tu vois ce que je veux dire, parents friqués, eux-même pétés de tunes… Pas forcément des crétins pour autant, soyons justes : plusieurs d'entre eux avaient créé leur propre business et fait fortune tout seuls, comme des grands.

Boris Corentin reposa le jeu de photos et attaqua son omelette, qui commençait à refroidir.

– Au fait, demanda-t-il la bouche pleine, je pense à un truc : il faut quand même une sacrée force dans les bras pour étrangler un bonhomme. Tu es bien sûr que ta tueuse n'est pas un tueur ?...

– Tout à fait sûr, répliqua Lejeune sans hésiter. Et ce, pour deux raisons.

– Je t'écoute.

– Un : les sécrétions féminines qui recouvraient le sexe des victimes, prouvant au passage que ces malheureux ont eu droit à un dernier moment de bonheur avant de passer l'arme à gauche. Deux : après enquête, il s'est avéré que tous ces types étaient des hétéros purs et durs, et même des dragueurs notoires. Pas la moindre trace d'homosexualité chez aucun d'eux, d'après leurs amis et leurs familles.

– Effectivement, admit Boris, ça me semble assez convaincant. Et à part ça, qu'est-ce que vous avez comme indices sur cettte fille, puisqu'on est certains que c'en est une ?...

Francis Lejeune tordit le nez et baissa les yeux vers son assiette avant d'avouer :

– Ben... pas grand-chose. Et même, disons-le... rien du tout.

Boris sursauta :

– Quoi ? Huit crimes et pas un indice ? Tu te fous de moi ?

– Non... hélas.

– Et les sécrétions intimes dont tu parlais à l'instant ?

L'homme de la Crim haussa les épaules :

– On a un profil ADN. Mais comme il ne correspond à aucun de ceux qui sont déjà enregistrés au fichier, on n'est pas plus avancés. Pareil pour les quelques empreintes qu'on a pu récupérer par-ci, par-là…

– En d'autres termes, grogna Boris, comme cette personne avait un casier vierge avant de se transformer du jour au lendemain en serial-killeuse, impossible de la coincer.

– C'est à peu près ça, oui. De plus, tous les meurtres ont eu lieu chez les victimes et la tueuse n'a jamais rien laissé derrière elle, sauf le fil de nylon ayant servi à les attacher, et le foulard Hermès ayant servi à les étrangler.

Corentin coula un rapide regard à la serveuse, qui passait près de leur table. Elle lui glissa un sourire en retour.

– Le fil de nylon, dit-il, c'est anonyme, on en vend des kilomètres tous les jours chez les droguistes… Mais le fameux « carré » Hermès, ce n'est quand même pas l'accessoire de tout le monde…

Lejeune haussa les épaules :

– Penses-tu ! On s'est renseignés, tu imagines ! Figure-toi que ça se vend comme les croissants chez les boulangers ! Des centaines par jour ! Et à trois cents euros pièce, en plus !

Corentin soupira longuement et fit pivoter sa chaise pour regarder passer, sur l'avenue Rapp, les voitures sur lesquelles rebondissait le soleil.

Comme si l'attitude de Boris lui rappelait brusquement ce détail, Lejeune s'écria :

– Tiens, c'est tout à côté d'ici, justement, que notre tueuse au foulard a sévi pour la dernière fois : avenue Émile-Deschanel, au bord du Champ-de-Mars. Un immeuble luxueux où habitait sa victime, un célibataire friqué du nom d'Édouard Masselier.

– Qui lui aussi me ressemblait comme un frère, j'imagine, fit Boris, songeur.

– Tu as vu sa photo, elle était avec les autres.

Corentin vida son verre de sancerre rosé et s'empara de la bouteille pour les resservir, son collègue et lui-même.

C'était l'un des nombreux aspects sympathiques de l'établissement, ce système qui consistait à donner la bouteille entière et à ne facturer que ce qu'on avait bu.

Évidemment, ça encourageait à vider la bouteille, mais bon…

– Bref, conclut sombrement Boris, vous n'avez pas le moindre indice et vous en êtes au point mort.

Il hésita un peu, comme si, en disant ce qu'il allait dire, il risquait de s'enfermer lui-même dans un piège d'où il lui serait impossible de s'échapper :

– Mais dis donc… Tu ne m'as toujours pas révélé la fameuse idée que tu avais derrière la tête, me concernant ?

Derrière son verre, la bouille ronde de Francis Lejeune s'illumina, sans trop que Boris puisse dire si c'était à cause du vin, ou à cause de la « petite idée » en question.

– Eh bien voilà… se décida l'homme de la

Crim. Qu'est-ce que tu dirais de devenir une star de la télé ?

Corentin faillit en avaler de travers :

– Pardon ?

Lejeune redevint sérieux.

– Bon, laisse-moi t'expliquer mon raisonnement depuis le début. Comme tu viens de le souligner toi-même, je n'ai pas le moindre indice concernant ma tueuse au foulard Hermès, et pas le moindre début de piste qui pourrait me donner une chance de remonter jusqu'à elle. J'ai donc imaginé de la traquer en utilisant un appât...

Boris l'interrompit d'un geste :

– Laisse-moi deviner : moi !

– Exactement, poursuivit Lejeune, et ce pour une très bonne raison : comme tu as pu le constater sur les photos, cette fille semble incapable de résister aux beaux bruns athlétiques et bouclés qui te ressemblent.

Il ajouta perfidement :

– On se demande bien pourquoi, mais c'est comme ça : tu es exactement son type. Bref, j'ai eu une idée, que j'ai peaufinée avec un monsieur qui s'appelle Régis Fennec.

– Qui ça ?

– Régis Fennec. C'est le producteur d'une émission de télé-réalité qui s'appelle « Le Parti en Or ». Ça te dit quelque chose ?

Boris eut une moue incertaine :

– Vaguement. Tu sais, moi, la télé... j'en ai bien une, dans mon studio de la rue de Turbigo, mais elle est en panne depuis des années et je n'ai jamais le temps de la faire réparer, alors…

Lejeune leva furtivement les yeux au ciel.

– Alors laisse-moi compléter ta culture télévisuelle, dit-il. « Le Parti en Or » se déroule sur six épisodes, enregistrés les uns derrière les autres mais diffusés à une semaine d'intervalle, ce qui permet de faire durer le suspense, d'accrocher plus longtemps les téléspectateurs, et surtout, de tirer le maximum des recettes publicitaires. Le principe est simple : d'un côté, on choisit un beau mec, bien sous tous rapports et naturellement célibataire, désireux de trouver la femme de sa vie. De l'autre, on sélectionne vingt-quatre jolies filles, également bien sous tous rapports, qui elles, rêvent de rencontrer le prince charmant, c'est-à-dire le mari idéal. À chaque émission, le célibataire fait un peu mieux connaissance avec les filles et à la fin, en élimine la moitié. Jusqu'à ce qu'il n'en reste qu'une : l'élue de son cœur. C'est beau, non ?

– Je suis ému aux larmes, fit sombrement Boris. Ne me dis pas que tu as pensé à moi pour jouer ce rôle ?

– Je ne pense même qu'à toi, beau brun, fit Lejeune sur un ton faussement efféminé. Voilà comment ça marche. Avant qu'ait lieu la sélection des filles, on réalise un spot consacré au célibataire idéal qu'on a choisi, et on le diffuse régulièrement sur la chaîne, histoire d'appâter les candidates.

Cette fois, Boris termina la phrase de Lejeune à sa place :

– Et tu penses qu'en me voyant annoncé comme le prochain « Parti en Or » de l'émission du même nom, ta tueuse au carré Hermès se précipitera comme un brochet sur une mouche et présentera sa candidature.

– Oui, fit Lejeune. À condition qu'on ait préalablement changé ta profession, bien sûr.

Le commissaire de la Brigade criminelle prit un air grave et avala silencieusement un fond de sancerre.

– Écoute, Boris, fit-il après un temps, je sais que ça a l'air carrément n'importe quoi, ce que je te propose. Mais franchement, j'ai retourné le problème dans tous les sens et je ne vois pas d'autre solution. En clair, tu es ma dernière chance.

Corentin resta silencieux un long moment, hochant la tête d'un air consterné.

– J'ai fait pas mal de trucs, dans ma carrière de flic, finit-il par murmurer comme s'il se parlait à lui-même, mais ça… je n'aurais même pas pu l'imaginer ! Si j'accepte, dans vingt ans, à la P.J., on se foutra encore de moi !

Lejeune fit signe à la serveuse d'apporter une autre bouteille.

– Pas si tu arrêtes la coupable ! Parce que tout ça a peut-être l'air d'une farce, à première vue, mais je te rappelle qu'on a quand même une tueuse en circulation. Et que le carré Hermès, ça fait peut-être un peu Marie-Chantal, mais les cadavres eux, sont bien réels. Pour l'instant, on en est a huit, mais le compteur tourne…

Boris n'arrivait pas à se décider. Comme pour gagner du temps avant de donner sa réponse, il objecta encore :

– Mais dis donc, si ta tueuse présente sa candidature à l'émission et qu'elle n'est pas retenue ? On aura fait tout ça pour rien ?

– C'est justement là que ton intervention commence, Boris, fit Lejeune qui, décidément, avait réponse à tout. Je compte sur toi pour faire en sorte qu'elle le soit… retenue.

Boris fixa son collègue pendant plusieurs secondes, les yeux ronds.

– Alors là, lâcha-t-il enfin, je suis carrément largué !

Francis Lejeune rigola doucement en remplissant leurs verres, grâce à la nouvelle bouteille que la serveuse au fabuleux décolleté venait d'apporter.

– Il y a encore une chose que j'ai oublié de te dire, Boris, fit-il. Non seulement les victimes de la tueuse étaient toutes cent pour cent hétérosexuelles, mais en outre – toujours d'après leur entourage – elles ne couchaient qu'avec des filles de leur milieu. Des filles très bcbg, très Neuilly-Auteuil-Passy, quoi. Sans doute moins par racisme social que pour des raisons pratiques : quand on passe sa vie dans les beaux quartiers, les endroits chic et les soirées seizième, on rencontre plus de Marie-Chantal que de louloutes.

– Tu penses donc que ta tueuse est une Marie-Chantal, ou en tout cas une fille plutôt bcbg ?

– On a toutes les raisons de le croire, fit Lejeune. Et le foulard Hermès, c'est quand même typique de ce milieu, non ? Bref, il faut que tu participes au casting, c'est-à-dire à la sélection des filles. Tout ça en douce, évidemment. Derrière une glace sans tain, par exemple. On arrangera ça avec Régis Fennec. Et là, il faudra faire jouer ton instinct légendaire pour repérer les filles le plus susceptibles de correspondre au « profil » de notre tueuse. Normalement, elles devraient sortir du lot, car les candidates aux reality-shows télévisés viennent rarement de la grande bourgeoisie. Mais le producteur, lui, n'y verra que du feu. On a besoin de ton œil, Boris.

– Admettons, soupira Corentin. Et ensuite ?

– Ensuite, comme il y en aura certainement plus d'une qui collera au profil en question, il faudra que tu mettes le jeu à profit pour démasquer la bonne. En faisant connaissance, en devenant intimes, même, puisque l'émission est faite pour ça.

Boris eut un sourire en coin :

– Intimes… jusqu'à quel point ?

Lejeune fit un geste équivoque :

– À mon avis, dès que les caméras ne sont plus braquées sur vous… ça ne doit plus dépendre que des affinités et des envies de chacun… et de chacune.

Il ajouta en rigolant :

– Mais dans ce domaine, un séducteur comme toi sera comme un poisson dans l'eau. Je ne vais quand même pas te conseiller sur ce terrain-là. En tout cas, tu vois que cette corvée risque quand même d'avoir de bons côtés.

Songeur, Boris laissa son regard flotter sur les magnifiques courbes de la serveuse. Qui lui adressa un sourire aussi ensoleillé que cette journée.

Elle lui sourirait encore plus, pensa-t-il, si elle avait su qu'elle venait de servir le prochain « Parti en Or », l'homme qui s'apprêtait à faire fantasmer des millions de téléspectatrices, et vingt-quatre candidates frémissantes d'impatience.

Dont une, encore plus frémissante que les autres… à l'idée de l'étrangler avec un foulard de soie.

CHAPITRE 3

En se laissant tomber dans l'un des deux fauteuils club de son studio de casting privé de la Plaine Saint-Denis, Régis Fennec sut tout de suite qu'elle en voulait. « Elle », c'était la fille qui venait de s'asseoir en face de lui, dans un fauteuil identique au sien. D'après la petite fiche qu'elle avait remplie en attendant son tour et que l'assistant de Régis venait de lui passer, elle s'appelait Josyane Suvieri, elle avait vingt et un ans et elle était barmaid à Nice.

Elle était aussi, accessoirement, la soixantième fille à passer le casting du « Parti en Or », c'est-à-dire à s'asseoir dans ce même fauteuil, en face de Régis Fennec. La soixantième, depuis deux jours que le casting avait commencé. Il allait durer encore une bonne semaine. Au bout du compte, Régis Fennec aurait vu près de cinq cents filles !

Cinq cents filles, toutes jeunes et jolies, présélectionnées parmi des miliers de candidatures écrites comprenant cv, photo et lettre de motivation, exactement comme pour postuler à un véritable emploi.

Chaque matin, plus d'une centaine d'entre elles se

présentaient aux studios de la Plaine Saint-Denis, dans la banlieue nord de Paris, prêtes à passer la journée à attendre leur tour.

Toutes avaient en commun ce rêve qui s'était répandu comme une véritable pandémie au cours de la dernière décennie : devenir célèbre grâce à la télé ! En chantant, en dansant, en se faisant enfermer dans un loft ou sur une île, en déballant ses fesses ou ses secrets les plus intimes… Peu importe, du moment que les projecteurs des plateaux de TV se braquaient dans votre direction assez longtemps pour faire de vous une star. Après, il n'y avait plus qu'à récolter les retombées de la gloire médiatique… et à passer à la caisse : galas, disques, prestations en boîtes de nuit, aninations en hypermarchés ou sous chapiteaux, mémoires écrits par un « nègre » et publiés à la hâte, avant que le « produit » soit passé de mode… Tout et n'importe quoi pour échapper à la vie, la vraie, celle qui se déroule dans une HLM ou une zone pavillonnaire, celle où il manque toujours une pièce pour avoir un minimium d'intimité, celle où les vacances se passent au camping et le reste de l'année à l'usine, dans une « jean'rie » de centre commercial, à l'accueil d'une entreprise ou derrière la caisse d'une grande surface.

Tout, pour avoir une petite chance de passer enfin de l'autre côté du nouveau miroir aux alouettes, cet écran de télé par lequel tout le monde est hypnotisé, et sur lequel toute la planète rêve désormais de se voir.

Régis Fennec avait parfaitement conscience d'être l'un des dieux vivants de cette nouvelle société païenne, prosternée devant le veau d'or de la déesse télé. Après une carrière d'animateur vedette, il était passé à la production d'émissions que sa « boîte de prod » vendait désormais à ses anciens employeurs, les grandes chaînes nationales. À la fois célèbre et milliardaire, il avait atteint les sommets de la réussite professionnelle. Dans ses moments de pire mégalomanie, il se voyait comme une espèce de grand prêtre régnant sur une secte aux millions de fidèles lui appartenant corps et âme.

Régis Fennec, qui avait à peine quarante ans, en était à son quatrième mariage, tous avec des top models. Il fallait ce qu'il fallait. Un homme comme lui ne pouvait pas s'afficher à Saint-Trop', à « Courch [1] » ou à Saint-Barth' avec des filles qui ne soient pas « totalement représentatives », selon son expression favorite. L'inconvénient, c'est que ces beautés sculpturales avaient une conversation limitée. Et, la plupart du temps, un cerveau de canari, il fallait bien le dire. Certaines ne parlaient pas français et à peine anglais. Résultat : après une semaine dans un bungalow de luxe, aux Maldives ou aux Seychelles, à se repaître de leur corps de rêve, il finissait très vite par ne plus les supporter. D'où la rupture.

De toute façon, Régis Fennec partait du principe que le monde n'était qu'un vaste réservoir de filles, toutes prêtes à se donner à lui, pour peu qu'il trouve le bon « levier » pour les convaincre. Pour l'une, c'était son argent, pour l'autre, sa célébrité, pour une

1. Abréviation chic et snob de Courchevel, on l'aura compris.

autre encore, son charme et son charisme, pour d'autres enfin... la promesse d'une parcelle de gloire.

En ce qui concernait celle qu'il avait en face de lui à cet instant précis, ce n'était pas bien difficile de savoir sur quel bouton appuyer pour en faire sa chose, son esclave docile : il avait le pouvoir de la sélectionner pour être l'une des vingt-quatre candidates du « Parti en or »... ou au contraire de lui fermer définitivement les portes de ce rêve absolu. Entre cette Josyane Suvieri et la célébrité, peut-être même le conte de fées, c'est-à-dire le mariage avec le prince charmant, il n'y avait que lui, Régis Fennec.

Il le savait.

Elle le savait aussi.

Sur son visage élégamment ridé par trop de séjours sous les tropiques, agrémenté d'une chevelure poivre et sel encore drue, un sourire s'élargit, révélant des dents étincelantes.

La dénommée Josyane Suviéri lui sourit en retour, d'un sourire de bimbo, dont elle avait les proportions : longues jambes, petites fesses dures, gros seins, nez refait, pommettes saillantes et grands yeux bleus innocents, le tout encadré d'une cascade de cheveux blonds lui descendant jusqu'aux reins. Elle était vêtue d'un haut de cuir blanc fermé à l'arrière par des lacets, façon corset, et... devant aussi, où le vêtement laissait une bande de chair nue, sous les lacets, d'au moins quinze centimètres. Cette ouverture laissait voir la moitié de ses seins, qui semblaient vouloir écarter de force les pans du bustier pour jaillir à l'air libre.

En bas, la barmaid niçoise portait une jupe de cuir blanc assortie, avec des bandes de chair apparente sur les côtés.

En plus de tout ça, il y avait la cerise sur le gâteau. À peine installée face à Régis, elle avait lentement écarté les cuisses, offrant au producteur une vue imprenable sur une vulve rasée comme celle des actrices de X, ce qui révélait les moindres détails de sa féminité la plus secrète.

Quant au sourire qui accompagnait l'ensemble, il exprimait clairement son message : si à la télé, comme on le disait, il fallait coucher pour réussir, elle était prête à commencer tout de suite.

C'était une des raisons – et même la principale, il devait bien l'avouer – pour lesquelles Régis Fennec tenait absolument à faire lui-même le casting de ses émissions : pour des moments comme celui-là. Des moments qui, pensait-il, donnaient un véritable sens à l'existence.

Cette fille, sans doute « montée » à Paris uniquement pour ce casting et à laquelle il n'avait pas encore dit un mot, se mettrait à genoux et le sucerait jusqu'à ce qu'il jouisse dans sa bouche, là, maintenant, sur un claquement de doigts de sa part. Comme ces molosses bien dressés à qui l'on donne un quartier de viande… sur lequel ils ne se jettent qu'au signe convenu, de la part de leur maître.

Le genre de choses qui rehaussait encore, chez Régis Fennec, son sentiment de puissance absolue…

Pourtant, il n'avait pas vraiment envie de cette

fille. C'était trop facile. Indigne de lui, qui avait eu les plus belles de la terre, parmi lesquelles plusieurs mannequins-lingerie de « Victoria's Secret », la célèbre marque américaine… le fantasme absolu de tous les hétéros normalement constitués.

Il se contenta de lui poser les questions d'usage, après avoir mis en marche la caméra sur pied qui filmerait l'interview. Pour ses archives, mais aussi pour pouvoir revoir une fille, en cas d'hésitation. Ou dans l'éventualité où l'une d'elles deviendrait une star. Ce genre de document, alors, devenait un « collector » et prenait une certaine valeur. Il n'y avait pas de petits profits…

Mais il y avait une autre raison – la raison principale - pour laquelle Régis Fennec filmait tous ses « entretiens »…

Le producteur du « Parti en Or » questionna Josyane Suvieri sur son niveau d'études, sur son travail, sur ses hobbies et ses passions… et sur son passé amoureux. Il ne s'agissait pas de découvrir en cours de tournage que l'une des candidates de l'émission était une ex-call girl, une strip-teaseuse professionnelle, ou, plus banalement, que toute la Côte d'Azur lui était passée dessus. Bien sûr, elle pouvait mentir. Mais Fennec se targuait d'avoir le flair, pour ce genre de choses, et quand il ne « sentait » pas une candidate, il faisait faire une petite enquête, en douce…

Quand il eut terminé son questionnaire standard, le producteur passa à une autre séries de questions. Des questions qu' « on » lui avait remises, sur une fiche, avant le début du casting, et qu'il était censé poser à toutes les filles sans exception. Elles couvraient plusieurs sujets, et d'abord les préférences de la jeune femme en matière de partenaires masculins. En clair : quel était son type d'homme ?

– Les grands bruns, plutôt athlétiques et légèrement bouclés ? interrogea Fennec.

Surprise, la bimbo arrondit les lèvres en « cul de poule ».

– Non, fit-elle. Enfin, oui, entre autres, mais pas seulement. J'aime bien aussi les blonds… et même les blacks.

Elle lança un regard suggestif au producteur en ajoutant :

– De toute façon, pour moi, chez les mecs, c'est pas le physique le plus important. C'est leur autorité, leur charme… leur charisme.

– Bien, enchaîna Fennec en faisant mine de ne pas remarquer que la fille le draguait ouvertement. Vous venez souvent à Paris ?

– Non… Enfin, de temps en temps. Pourquoi ?

– Et quand vous y venez, vous fréquentez quel genre d'endroits ? Votre restaurant préféré, par exemple, c'est quoi ?

Josyane Suvieri eut une moue exprimant des abîmes d'ignorance.

– J'sais pas, lâcha-t-elle enfin. Vous savez, j'y connais rien. Moi, de toute façon, je fais confiance au monsieur qui m'invite.

Dans un réflexe involontaire, Régis Fennec porta la main à son oreille gauche, au fond de laquelle était logée une oreillette de la taille d'un petit haricot… qui venait de lui parler.

– Celle-là, pas la peine, dit la voix féminine dans l'oreillette. Elle ne nous intéresse pas.

De l'autre côté de la grande glace sans tain qui occupait presque entièrement l'un des murs du studio, Ghislaine Duval-Cochet coupa le micro qui la reliait à Régis Fennec et ramena en arrière, du bout de ses ongles rouges, une mèche blonde qui lui balayait le front.

– Il n'y a aucune chance pour que cette pétasse soit la fille que tu cherches, Boris, dit-elle. Ou alors, c'est la plus grande actrice de tous les temps, mais ça m'étonnerait.

Boris Corentin jeta un regard admiratif à Ghislaine, surnommée « la Panthère des beaux quartiers », son « amie de cœur » depuis des lustres. Non seulement elle ne perdait rien de sa beauté, avec le temps, mais elle avait toujours autant de classe. C'était ce qui fascinait Boris : ce mélange de beauté et d'élégance qu'elle incarnait, avec ce petit côté gotha et jet set hérité d'une éducation de princesse et d'une longue fréquentation des gens et des lieux chic et branchés de la planète.

C'est pourquoi il lui avait semblé évident que Ghislaine, qui évoluait depuis des années dans le monde de la haute couture internationale, serait la mieux à même de l'aider à repérer les filles un tant soit peu Neuilly-Auteuil-Passy, parmi les candidates.

Puisque c'était à cette catégorie qu'était censée appartenir la tueuse au foulard Hermès.

Depuis la veille, Ghislaine en avait « reniflé »

plusieurs, qu'elle avait demandé à Régis Fennec de sélectionner. Mais sans pouvoir affirmer, toutefois, que la « serial killeuse » était parmi elles. C'était une possibilité, sans plus.

De l'autre côté de la vitre, Fennec congédia avec le sourire la bimbo au pubis rasé sur un « On vous contactera » qui n'engageait à rien. Et fit entrer la suivante.

Quand il la vit, à travers la glace sans tain, un signal d'alarme résonna dans le cerveau de Boris. Elle avait quelque chose de différent, par rapport à la plupart des autres candidates. Peut-être une façon de paraître aussi à l'aise que chez elle, dans ce studio aussi accueillant qu'un entrepot frigorifique, où elle mettait les pieds pour la première fois.

La file était brune, grande, avec une silhouette à la fois longiligne et voluptueuse. Elle portait une jupe courte, et serra les genoux en s'asseyant en face de Fennec. Son attitude générale était le contraire de celle de la fille qui l'avait précédée : sage, réservée, aimable et souriante, mais sans excès.

Le producteur commença son interrogatoire. La jeune femme avait vingt-quatre ans, se prénommait Béatrice et était, disait-elle, hôtesse d'accueil à Plaisir, en Yvelines. Son type d'homme ? Aucun en particulier ; elle voulait juste qu'il soit gentil, bien élevé et protecteur. Ses loisirs préférés ? Elle adorait voyager, mais n'avait pas les moyens de le faire souvent. Ses restaurants de prédilection ?...

Ghislaine sursauta en l'entendant mentionner le nom d'un « nouveau lieu » où le tout-Paris « chic et sport » se retrouvait depuis quelque temps. Une vingtaine de couverts à peine, un chef étoilé, une carte hors de prix, et trois mois d'attente pour avoir une table.

– Il n'y a que les initiés qui connaissent « La Coquillette », souffla Ghislaine.

– On l'y a peut-être invitée, suggéra Boris. Après tout, elle est assez mignonne pour ça.

Ghislaine secoua la tête :

– Non, dit-elle. Enfin oui, on l'a sûrement invitée. Mais le fait de citer le nom de l'endroit, comme ça, sans hésiter, alors que c'est la référence du moment dans un certain milieu...

Elle réfléchit un instant et ajouta, en désignant la belle brune :

– Ça gagne combien, une hôtesse d'accueil ?

Boris eut une moue d'ignorance :

– Je ne sais pas. Sûrement pas beaucoup.

– Tu vois, continua Ghislaine, ce petit chemisier à jabot, motifs espagnols et fronces autour des poignets, qu'elle porte avec sa jupe ?

– Oui, et alors ?

– Et alors, c'est un Chanel à près de mille euros. Je le sais, j'ai le même. Si cette fille est hôtesse d'accueil à Plaisir en Yvelines, moi, je suis sœur Emmanuelle !

Corentin coula un regard complice à Ghislaine, avant de se pencher vers le micro.

– Celle-là, vous la sélectionnez, dit-il à Fennec. Il nous la faut absolument.

Le producteur eut un imperceptible signe de tête pour montrer qu'il avait compris. Mais au lieu de mettre un terme à l'entretien avec la prénommée

Béatrice, il se pencha en avant dans son fauteuil et s'adressa soudain à elle sur un ton plus… confidentiel :

– Ça représente beaucoup, pour toi, d'être sélectionnée pour « Le Parti en Or » ? demanda-t-il.

– Oui, répondit Béatrice, sans paraître déstabilisée par ce tutoiement soudain. C'est mon rêve… C'est toute ma vie.

Un sourire de prédateur s'élargit sur la visage hâlé de Fennec.

– Je crois que tu serais parfaite, fit-il, mais j'ai besoin de vérifier deux-trois choses, pour l'esthétique générale de l'émission. Les filles sont amenées, au bout d'un moment, à se retrouver en maillot de bain, et il faut qu'elles soient top canon, tu comprends ? Totalement représentatives.

– Je comprends, fit Béatrice sans se démonter. Et alors ?

– Et alors, enchaîna Fennec, j'ai besoin de voir comment tu es foutue. Déshabille-toi, s'il te plaît.

Béatrice accusa le coup, mais fit un effort pour ne pas paraître choquée. Elle hésita un moment, puis se leva et déboutonna son chemisier. Elle s'en débarrassa et apparut en fin soutien-gorge de dentelle blanc, soutenant deux seins superbes, posés dans les balconnets comme deux gros œufs dans un nid.

– Enlève, ordonna Fennec en désignant le soutien-gorge.

Béatrice obéit. Sa poitrine était magnifique et volumineuse, défiant orgueilleusement les lois de la pesanteur, avec des aréoles brunes de la taille de sous-tasses à café.

Le ton du producteur se durcit :

– La suite. Allez, vite, je n'ai pas toute la journée.

Béatrice fit glisser sa jupe et sa fine culotte de soie jusqu'en bas de ses longues jambes. Elle était superbe, avec un ventre plat et un buisson brun et luxuriant qui défendait la région la plus intime d'elle-même.

Nue, elle regardait Fennec dans les yeux, sans rougir. Avec même une sorte d'indifférence amusée.

Le producteur, en revanche, semblait transpirer légèrement sous l'effet de l'excitation. Il y avait de quoi : la fille était sublime. Une vraie « bombe », échappée des fantasmes d'un dessinateur érotique.

– Il y a une dernière épreuve, dit Régis. Et pour tout te dire, c'est là-dessus que je décide si une fille va faire l'émission ou pas.

D'un geste vif, il fit glisser le zip de son pantalon et sortit son membre, déjà à moitié érigé.

– Il faut que je voie comment tu suces, dit-il le plus sérieusement du monde.

Béatrice hésita.

– Allez, insista Fennec, je te rappelle que c'est maintenant que tout se joue. C'est le rêve de ta vie, cette émission, oui ou non ?

La candidate fit lentement trois pas vers lui et se laissa tomber à genoux. Au moment où elle écartait les lèvres pour avaler la virilité impatiente qui en forçait déjà l'entrée, l'image « s'éteignit » devant les yeux de Boris.

Ghislaine venait de faire tomber le rideau de lamelles d'acier qui aveuglait le miroir sans tain.

Aussitôt, Boris sentit son propre pantalon s'ouvrir

et son membre en sortir « tout seul », grâce au doigté expert de son « amie de cœur ». Une vague de plaisir lui noya le cerveau quand il se sentit disparaître dans le fourreau humide et tiède de sa bouche gourmande.

Ghislaine le ressortit brièvement d'entre ses lèvres pour murmurer :

– Je sais que cette salope, de l'autre côté du miroir, te fera tôt ou tard ce qu'elle est en train de faire à l'autre ordure. Mais je tiens à ce que tu te souviennes qu'aucune fille au monde ne peut te sucer mieux que moi…

En sentant des flots d'une sève impétueuse lui monter des reins et se ruer dans sa virilité, Boris n'en doutait pas une seconde…

Dans le studio de casting, Régis Fennec s'arrangea pour se tourner légèrement, de façon à ce que la caméra filme la scène sous le meilleur angle possible.

La caméra, qui remplissait enfin sa véritable fonction, de loin la plus importante aux yeux de Régis.

Elle était réglée pour faire automatiquement des gros plans toutes les trente secondes, et le producteur du « Parti en Or » imaginait déjà les images, cadrées serré, de cette bouche avalant goûlument son membre. Sur le film, on verrait le visage de la fille, mais pas le sien. Heureusement, vu qu'il avait l'intention de le diffuser sur son petit site web ultra privé et personnel, *castingsalopes.com*. Ce petit vice caché lui rapportait de l'argent, bien sûr, mais surtout de grandes satisfactions.

Ce n'était pas facile de se trouver de nouvelles distractions, quand la vie vous avait déjà tout donné…

CHAPITRE 4

Le concierge du Régency, à Beaulieu-sur-Mer, l'un des plus beaux palaces de la Côte d'Azur, écarquilla les yeux en voyant soudain débouler dans le hall, avec des pépiements d'oiseaux, un essaim de vingt-quatre créatures de rêve.

Il n'ignorait pas, pourtant, que les candidates sélectionnées pour le prochain « Parti en Or » avaient été logées par la production dans « son » hôtel, pour la durée de l'enregistrement des six émissions. Mais les voir comme ça, en chair et en courbes, moulées dans des tenues estivales ultra-sexy, ça faisait un choc.

Après avoir souscrit aux formalités d'usage, les filles s'entassèrent dans les ascenseurs ou grimpèrent les escaliers en souplesse pour accéder à leurs chambres. Celles-ci occupaient tout un étage, entièrement réservé à leur intention. Comme chaque chambre devait être occupée par deux filles, celles-ci choisirent leur co-locataire en fonction des affinités qui s'étaient créées pendant le voyage.

Lætitia et Julia, respectivement blonde aux

cheveux courts et rousse aux cheveux longs, se réunirent d'instinct dans l'une des superbes chambres dominant la terrasse du restaurant, la piscine en contrebas de celle-ci, et la mer, encore plus bas.

Sans pudeur, Julia arracha le body moulant qu'elle portait avec son jean, faisant jaillir à l'air libre une magnifique paire de seins, lourds et laiteux, parsemés de taches de rousseur. Elle fit glisser le panneau de la baie vitrée et alla s'appuyer à la rambarde du balcon, son opulente chevelure rousse rejetée en arrière pour mieux s'offrir au soleil.

– Tu es folle ! cria Lætitia à mi-voix derrière elle, on va te voir !

– Et alors, répliqua Julia dans un sourire de tigresse, tu crois que quelqu'un va porter plainte ?

Pour toute réponse, Lætitia eut un petit rire d'oiseau et enleva son propre tee-shirt. Les deux filles se retrouvèrent l'une contre l'autre, torse nu, appuyées au balcon de leur chambre, baignant dans la tiédeur du soleil azuréen.

Julia frissonna soudain, mais pas de froid. Le contact de la chair soyeuse de Lætitia contre son bras venait de lui envoyer une onde de chaleur à travers le corps. Une onde… indéfinissable.

Elle se tourna vers sa compagne de chambre en se rapprochant d'elle insensiblement. Quand les pointes de ses seins effleurèrent celles de Lætitia, Julia crut ressentir un petit choc électrique. Mais un choc très agréable.

Lætitia, elle, dut éprouver quelque chose de similaire. Rien de désagréable, en tout cas, car elle ne recula pas d'un centimètre pour échapper à ce tendre contact.

Julia plongea ses yeux verts dans ceux, bleu foncé, de Lætitia :

– Alors, fit-elle d'une voix feutrée, comme ça, tu cours après le prince charmant ?

Lætitia soutint son regard et répondit avec un petit sourire entendu :

– Ben... oui, bien sûr. Comme nous toutes. Comme toi aussi, non ?

Julia, comme si elle pensait à autre chose, lui posa négligemment les bras sur les épaules.

– Mais il te plaît vraiment, ce mec ?

– Je crois que oui, dit Lætitia.

– Et tu l'épouserais, si c'est toi qu'il choisissait ?

Lætitia éclata d'un rire joyeux :

– Ben, évidemment que oui ! On est toutes là pour ça, non ? Pas toi ?

Une drôle de lueur passa dans les yeux verts de Julia :

– Si, dit-elle, bien sûr. Mais en attendant de devenir éventuellement l'heureuse élue, on a encore un peu de temps devant nous, pour s'amuser un peu entre filles, non ?

Lætitia ne répondit pas. Ce qui, à en croire le proverbe selon lequel « qui ne dit mot consent », était une manière d'acquiescer. Elle ne détourna pas la tête quand Julia avança le visage vers le sien et que ses lèvres déjà gonflées par le désir se posèrent sur les siennes.

Dans un même réflexe, les deux filles se collèrent l'une à l'autre et leurs mains se mirent à se caresser mutuellement. La langue de Julia força l'entrée de la bouche de Lætitia, qu'elle se mit à explorer avec une avidité animale.

– Là, je crois qu'il vaudrait mieux qu'on rentre, murmura Lætitia dans un souffle qui se mélangeait à celui de sa partenaire.

– Là, je suis d'accord avec toi, ma petite salope, répliqua Julia avec un rire étouffé.

Sans se séparer, les deux filles rentrèrent dans la chambre et basculèrent sur l'un des deux grands lits. Chacune déshabillant l'autre, elles se débarrassèrent de leur jean, de leurs chaussures et de leur string. Puis, Julia jeta Lætitia sur le dos en travers du lit et, saisissant ses cuisses, lui écarta les jambes pratiquement à angle droit.

Dans le même mouvement, elle plongea le visage au cœur de la forêt blonde et douce comme de la soie, qui ombrait le ventre de sa partenaire. Et sa langue se mit à explorer la fleur délicate de sa féminité, lui arrachant des gémissements musicaux et réguliers...

***

Dans la dernière chambre de l'étage, la plus grande, une douzaine de filles s'étaient rassemblées à l'invitation de ses deux occupantes. Celles-ci avaient sorti les alcools et les paquets de biscuits-apéritifs et décidé d'organiser une « cocktail-party » pendant les deux heures de liberté dont toutes les filles disposaient avant le dîner.

La pièce était devenue une véritable volière, où

les conversations à voix forte se mélangeaient aux éclats de rire suraigus. Le volume sonore montait d'un cran par minute, à mesure que la consommation de whisky augmentait. La chaleur aussi, sous l'effet de celle que dégageaient tous ces corps surexcités, enfermés dans un espace clos.

Soudain, l'une des occupantes de la chambre, une brune pulpeuse prénommée Patricia, cria :

– Hé, les filles, j'ai une idée ! On va jouer à un jeu génial ! C'est un truc qu'on m'a rapporté de New York. Ils appellent ça le « Twister » !

– Qu'est-ce que c'est que ça ? fit une voix.

– Bougez pas, fit Patricia, en étalant par terre une sorte de tapis plastifié doté d'une aiguille centrale dans un cadran chiffré, et d'un certain nombres de taches multicolores portant des numéros.

– Voilà, dit-elle, c'est pas compliqué. Je fais tourner l'aiguille et une de nous, à tour de rôle, doit « occuper » le terrain en posant le pied, le genou, le coude ou la main sur le numéro indiqué par l'aiguille. Et ce, jusqu'à ce que tous les numéros soient recouverts.

– Mais c'est complètement con, comme jeu ! s'exclama Sonia, une grande fille aux lèvres charnues et aux yeux charbonneux.

– Oui, reconnut Patricia, mais c'est vachement marrant, tu vas voir.

Elle fit tourner la grosse aiguille de plastique, dans son cadran, au centre du tapis. L'aiguille, en s'arrêtant, désigna une tache rouche portant le numéro cinq. Patricia à son tour désigna une des filles assises sur la moquette, en face d'elle. C'était Agnès, une ravissante brunette aux reflets châtains. Patricia l'avait choisie exprès parce qu'elle portait une jupe très courte.

– À toi de couvrir le chiffre, Agnès, dit Patricia.

Agnès se mit à quatre pattes et posa une main sur la pastille comportant le numéro cinq. En même temps, Patricia remarqua que le regard d'une des autres filles s'était arrêté sous la jupe d'Agnès, et que la fille en question rougissait légèrement... mais ne détournait pas les yeux.

Le reste de l'assistance avait vu ce qui venait de se passer et soudain, le calme était tombé. Tout à coup, les filles étaient comme des collégiennes, hésitant entre le fou rire et l'excitation.

Patricia fit tourner à nouveau l'aiguille, qui s'arrêta sur le deux. Elle désigna Samantha, une jolie blonde qui portait une sorte de jupette de tennis et un « top » qui lui couvrait à peine les seins. Samantha choisit de poser un pied sur la pastille. Du coup, par un hasard soigneusement calculé par les inventeurs du jeu, Agnès se retrouva le visage enfonçé entre les jambes de Samantha... juste à la bonne hauteur, évidemment.

Des gloussements gênés s'élevèrent. Mais on sentit la température monter encore de quelques degrés. Une des filles exprima le sentiment général en soupirant :

– Vous ne trouvez pas qu'on crève de chaud, ici ?

Joignant le geste à la parole, elle arracha son bustier de coton ultra-fin, libérant une poitrine opulente dont les pointes se dressaient fièrement, comme de petits pare-chocs.

Voyant cela, une fille poussa un cri d'excitation joyeuse :

– Ouais, fit-elle, bonne idée ! On se met les nénés à l'air !

L'éclat de rire général qui suivit fut interrompu par une autre voix, celle d'une grande liane blond-roux qui lança avec autorité :

– Oh, et puis merde, tant qu'on y est, autant s'éclater à fond et jouer carrément à poil.

Elle fit glisser sa mince culotte de dentelle blanche et apparut aussi nue qu'au jour de sa naissance… quoiqu'un peu différente.

Aussitôt, les autres filles l'imitèrent. Il y avait celles qui n'attendaient que ça et que l'initiative de la grande liane venait de libérer ; et celles, un peu gênées, qui n'osaient pas, mais qui s'exécutèrent quand même pour ne pas passer pour des nunuches aux yeux de leurs copines.

Agnès et Samantha, qui occupaient déjà le tapis, abandonnèrent un instant leurs positions pour se mettre nues. Quand elles les reprirent, tout le monde put constater qu'Agnès avait effectivement le visage entre les cuisses de Samantha.

Ce que ni l'une ni l'autre, d'ailleurs, n'avait l'air de trouver désagréable.

Cette fois, ce fut la ruée.

– À moi ! À moi ! crièrent simultanément toutes les filles restantes, en levant la main dans un réflexe venu de l'école.

Patricia, en souriant triomphalement devant le tabac que faisait son petit jeu, fit tourner l'aiguille et annonça : « Le 3 ! » avant de désigner une fille brune, choisie exprès parce qu'elle avait des seins énormes et une forêt intime dont la luxuriance lui dévorait les cuisses.

La brune aux gros seins décida – pas du tout innocemment – de se positionner à quatre pattes, ce qui lui mit le visage dans les fesses de Samantha. Celle-ci se retrouva du coup, comme au centre d'un bas-relief antique, un personnage entouré de deux chiennes.

En chaleur. Comme toutes les autres « chiennes » présentes.

Le jeu continua jusqu'à ce que six filles nues se trouvent sur le tapis. À ce stade, les règles du jeu voulaient que ce soient les mêmes participantes qui continuent à jouer. Ce qui les obligeait à utiliser à chaque tirage au sort un autre point d'appui que celui déjà mobilisé.

Une idée machiavélique, surtout avec des participantes totalement nues...

Le jeu n'avait pas commencé depuis une demi-heure que six filles en tenue d'Ève formaient au milieu de la chambre un véritable nœud de vipères, un imbroglio féminin quasiment inextricable, où une bouche se perdait dans une toison intime, un visage se noyait dans une paire de seins... ou de fesses, un pied agaçait de ses orteils une féminité ouverte, des seins s'écrasaient les uns contre les autres... Dans la mêlée, des bouche se rejoignaient et des lèvres se collaient les unes aux autres, des langues se cherchaient et se trouvaient...

Aucune de ces filles ne se serait qualifiée de lesbienne, si on l'avait interrogée. Mais la chaleur et l'ambiance aidant, il avait suffi d'un petit jeu – diabolique, il fallait bien le dire – pour créer l'étincelle et mettre le feu aux poudres. Ou plutôt, aux fesses de ces douze candidates du « parti en Or » qui, en attendant de se trouver enfin face à face avec le prince charmant, avaient très, mais alors très envie de s'éclater.

***

Béatrice jeta son sac de voyage Hermès, modèle « Kelly », sur le lit de sa chambre avec un soupir exténué.

– Quel voyage ! dit-elle. Deux heures d'attente dans ce salon à Roissy, ce vol bondé en classe éco, et pour finir, une heure de car comme des touristes en voyage organisé…

Vanessa, sa compagne de chambre, jeta son propre sac – un modèle en faux cuir bon marché – sur son lit à elle et posa sur Béatrice des yeux étonnés.

– Moi, j'ai trouvé ça plutôt sympa, dit-elle de sa petite voix haut perchée. Ça m'a rappelé la colo.

Béatrice se tourna vers elle avec une expression interloquée :

– La quoi ?

– La colo ! Les colonies de vacances, quoi. Tu sais, comme dans la chanson de Pierre Perret.

Elle se mit à chanter :

– « Les jo-lies co-lo-nies de va-can-ces… »

– Oui, oui, d'accord, la coupa sèchement Béatrice.

Eh bien, moi, excuse-moi, mais la colo, ce n'est pas mon truc.

Vanessa, qui ne se vexait pas facilement, rigola :

– Et c'est quoi, ton truc ? L'Île Maurice... Courchevel ?...

Béatrice se retint de justesse de lui dire qu'en effet, c'était ça. Entre autres. Elle aurait pu citer aussi Gstaad, Malaga, Saint-Barthélémy, ou d'autres lieux de villégiature prestigieux qu'elle avait fréquentés. Gratuitement, bien sûr. Dans ce genre d'endroits, une fille ne payait pas son séjour avec sa carte de crédit, mais avec... son cul, pour dire les choses crûment.

Béatrice et ses amies avaient toujours professé le plus profond mépris pour les call girls, les « putes de luxe », comme elles les appelaient. Sans penser une seconde qu'elles se comportaient exactement comme elles. Et sans même avoir l'excuse de devoir gagner leur vie et de ne pas avoir trouvé d'autre moyen pour ça.

Béatrice s'assit sur son lit et considéra cette Vanessa, que le hasard lui avait désignée comme compagne de chambre. C'était une petite blonde frisée, plutô mignonne et bien foutue, mais à qui Béatrice trouvait un genre nettement vulgaire, avec son short en jean à l'arrière duquel dépassait l'élastique du string, et son bustier sans soutien-gorge qui moulait ses gros seins comme du latex et lui laissait une partie du ventre à l'air. Quand elle se retournait, on voyait la rose qu'elle s'était fait tatouer sur l'omoplate. Et pour couronner le tout, elle avait un piercing dans le nombril !

Enfin, elle était gentille et ne pensait sans doute pas à mal. Elle n'avait pas non plus l'air très futée, ce qui arrangeait plutôt Béatrice. Ça éviterait qu'elle lui pose trop de questions, dont certaines pourraient être gênantes.

Et puis, en toute honnêteté, Béatrice ne pouvait pas s'empêcher de penser que, quelles que soient les origines de Vanessa, son « genre » ou son niveau d'éducation, elle-même pouvait difficilement se considérer comme supérieure.

Parce que, quand on s'était mise nue, comme elle l'avait fait, devant un « voyou de la télé » qu'elle ne connaissait que pour l'avoir aperçu une fois ou deux sur le petit écran… quand on l'avait sucé jusqu'à ce qu'il vous jouisse au fond de la gorge, comme elle l'avait fait, quasiment sur un claquement de doigts de sa part… alors franchement, il n'y avait pas de quoi se sentir supérieure à qui que ce soit.

Mais quand on avait décidé d'aller au bout de quelque chose, il fallait savoir avaler quelques couleuvres (c'était le cas de le dire), faire des sacrifices et, le cas échéant, oublier tout amour-propre et toute dignité.

C'est ce qu'elle avait fait.

Parce que Béatrice était de ces filles qui savaient ce qu'elles voulaient et qui, quand elles avaient déterminé leur objectif, étaient capables de tout pour l'atteindre.

De tout.

CHAPITRE 5

Ses pieds, chaussés de mocassins hors de prix, négligemment posés sur son immense bureau en verre fumé, Régis Fennec tirait des bouffées voluptueuses d'un de ses cigares préférés, un Cohiba « Siglo VI » à vingt-trois euros pièce. Le pouce de sa main libre enfoncé dans la poche ventrale du gilet de son costume trois-pièces Armani anthracite, laine et cachemire, il observait avec curiosité le personnage qui se promenait dans son bureau, examinant les photos encadrées qui recouvraient les murs. Toutes ces photos représentaient Régis Fennec, généralement en compagnie d'une star ou d'un homme politique illustre.

L'homme se retourna vers lui.

– Il y a longtemps que vous êtes dans le business médiatique, monsieur Fennec ? demanda Boris.

Le producteur du « Parti en Or » eut un ricanement satisfait :

– Depuis aussi longtemps que je me souvienne, monsieur Corentin. J'ai d'abord été le groupie, dans les années soixante-dix, des animateurs vedettes de l'époque, un de ces gamins qui passent leurs journées devant la porte des studios de radio en quête d'un autographe… Et puis, un jour, on m'a donné ma chance comme animateur d'une petite émission, sur la radio locale de ma région, du côté d'Orléans… Le reste, c'est tout simplement l'histoire d'un type passionné, qui en veut à mort et qui est déterminé à réussir quoi qu'il arrive.

Boris hocha la tête en considérant le producteur d'un œil sévère.

– L'ambition et la volonté de réussir sont des qualités respectables, monsieur Fennec, dit-il. Mais ce à quoi j'ai assisté l'autre jour, pendant le casting de l'émission… cette manière d'utiliser votre pouvoir de producteur pour abuser des candidates… ça ressemble beaucoup à du harcèlement sexuel. Je ne vous cache pas que si je ne suis pas intervenu, c'est uniquement par souci de ne pas me « griller ».

Cette fois, Régis Fennec éclata carrément de rire :

– Alors là, fit-il, comme dirait Audiard, « j'ai déjà vu des faux-culs, mais vous êtes une synthèse ! » Sachez que j'ai des yeux et des oreilles partout dans ces studios. Des micros et des caméras, en l'occurrence. Quel talent, votre copine… Ghislaine, c'est ça ? La reine de la pipe ! Si, si, je le pense ! Et pourtant, j'en ai testé quelques-unes, croyez-moi, celle du casting étant la dernière en date. Mais je vais vous avouer une chose : j'ai presque eu davantage de satisfaction à visionner les images de vous en train de vous faire sucer par votre copine, pendant que vous me regardiez avec la candidate à l'émission !

Boris fut brièvement désarçonné. Le culot à ce point-là, il en restait sans voix.

– Je regrette que vous soyez au courant de ce... détail, finit-il par dire.

Fennec rigola de plus belle :

– C'est pas gentil pour votre copine, de la traiter de « détail ».

– De toute façon, enchaîna Boris, ce qui s'est passé entre nous était une initiative spontanée et volontaire de sa part à elle. Vous, vous avez abusé de cette pauvre fille.

Fennec reprit son sérieux et enleva les pieds de son bureau.

– Cette pauvre fille, dites-vous ! Mais vous vous croyez dans « Les Misérables », mon vieux ! Cette fille, TOUTES ces filles, sont prêtes à me vider les couilles en échange d'un passage à la télé ! C'est ça, le monde d'aujourd'hui, figurez-vous : des milliards de crétins lobotomisés qui s'imaginent qu'ils n'existeront vraiment que si on voit leur gueule sur le petit écran. Et tout ça, c'est chez moi que ça débarque, tous les jours de l'année. Vous m'accusez d'avoir « abusé d'une pauvre fille » ? Laissez-moi rigoler. La plupart de ces « pauvres filles », comme vous les appelez, me sautent à la braguette aussitôt qu'elles se retrouvent seules avec moi, avant même de me dire bonjour. Je suis pratiquement obligé de les décoller au couteau !

Il tira une bouffée nerveuse de son Cohiba Siglo VI, histoire de marquer une courte pause avant de passer à ce qui motivait réellement leur rencontre, à Boris et à lui.

– Il y a une chose qui m'inquiète infiniment plus que la vertu des candidates, monsieur Corentin, dit-il, c'est la présence d'un commandant de police dans mon émission, à la place du *guest*[1] masculin. Cette combine pourrait foutre en l'air un show dont les enjeux, pour ma boîte de prod, sont de plusieurs millions d'euros. Je vous le dis franchement : je n'ai accepté que parce que le commandant Francis Lejeune, de la Crim, est un ami et qu'il a beaucoup insisté.

Boris jeta au producteur un regard en dessous, chargé à la fois d'ironie et d'incrédulité. En fait de « faux-cul », c'est lui qui méritait la palme ! Francis Lejeune « tenait » Régis Fennec depuis des années. À l'époque, non seulement le brillant animateur-producteur se « chargeait » jusqu'aux yeux, mais il donnait régulièrement chez lui des partouzes avec des filles mineures, et un saladier de coke à la disposition des invités. Tout ça n'était jamais venu à la connaissance du grand public, mais Lejeune avait gardé sous le coude un dossier en béton concernant Fennec. C'est pourquoi, contrairement à ce que ce dernier prétendait, il n'avait pas eu à insister énormément pour obtenir sa coopération pleine et entière.

Tout ça, bien sûr, Boris le savait, mais Fennec ne savait pas qu'il le savait.

Et pour l'instant, Corentin trouvait plus diplomatique de le laisser dans son ignorance.

– Croyez que je regrette sincèrement de devoir

1. « Invité », en anglais.

intervenir dans votre spectacle télévisuel, dit-il. D'autant que, personnellement, je n'ai jamais ambitionné de devenir célèbre en passant à la télé. Malheureusement, comme vous le savez, il se trouve que nous avons besoin de vous pour nous aider à résoudre une affaire criminelle.

Fennec eut une sorte de hocquet méprisant :

– Je vous trouve gonflés, les flics, dit-il, de réquisitionner comme ça une émission de télé parce que vous n'avez rien trouvé de mieux pour faire votre boulot. Qu'est-ce que vous diriez si je débarquais à la P.J., moi, avec mon équipe, et que j'investissais les lieux pour faire un reality-show ?

– Je suppose qu'on vous jetterait dehors, répondit Boris avec un sourire amusé. C'est ce qui différencie la police de la bonne société, pour citer encore une fois Audiard : « Il y en a qui ont tous les droits et les autres aucun. »

Gégis Fennec soupira longuement.

– Votre fameuse tueuse au carré Hermès… vous croyez vraiment qu'elle se cache parmi les candidates du « Parti en Or » ?

Boris haussa les épaules :

– Francis Lejeune et moi-même pensons qu'il y a toutes les chances qu'elle y soit, en effet.

– Parce qu'elle est irrésistiblement attirée par les types dans votre genre ? ironisa Fennec. Vous n'avez pas un peu les chevilles qui enflent, par hasard ?

Corentin sortit son paquet de Gitanes légères :

– Je ne suis pas là pour m'amuser, je vous l'ai dit, encore moins par envie de passer à la télé. Si je vous montrais les photos des victimes de cette fille, vous constateriez que ces hommes me ressemblent tous comme des frères.

– Si vous le dites... soupira Fennec. En tout cas, Lejeune s'est engagé à une chose auprès de moi, et je tiens à ce que vous preniez le même engagement.

– Lequel ?

– Celui de ne pas saborder l'émission. Et ce, quoi qu'il arrive. Par exemple, en admettant que vous mettiez la main sur votre coupable avant la fin, vous irez quand même jusqu'au bout des six enregistrements. Sinon, toute la série est foutue et je suis ruiné. Est-ce que j'ai votre parole ?

Boris se demanda furtivement quelle valeur le mot « parole » pouvait bien avoir pour un voyou comme Régis Fennec. Mais sa parole à lui, en tout cas, valait quelque chose.

– Vous l'avez, dit-il.

Fennec se détendit.

– En tout cas, on a de la chance dans notre malheur, dit-il : physiquement au moins, vous avez le profil du célibataire idéal. Beau mec, athlétique...

– Arrêtez, plaisanta Boris, vous allez me faire rougir.

Fennec eut un sourire de rapace :

– Ce n'est pas moi qui vais vous faire rougir, mais ma collaboratrice, Alexia Cuques.

Il décrocha son téléphone et enfonça une touche.

– Alexia, dit-il, j'arrive avec Boris Corentin.

Trente secondes plus tard, les deux hommes poussaient la porte d'une pièce située non loin du bureau de Régis Fennec. L'intérieur ne ressemblait pas à un bureau traditionnel. Le long d'une paroi s'alignaient des portants chargés de toutes sortes de vêtements masculins, un coin faisait studio de maquillage, un autre studio-photo. Trois gros fauteuils défoncés, au centre, formaient une sorte de salon improvisé. Dans le dernier espace dégagé de la pièce trônait une table en formica où s'entassaient des piles de classeurs, deux lampes articulées, des tas de photos (d'hommes, à première vue), deux téléphones fixes et trois portables.

Derrière la table, la femme qui était assise sur une petite chaise métallique se leva d'un bond à l'entrée des deux hommes. C'était une superbe plante de près d'un mètre quatre-vingts, à la chevelure auburn cascadant sur ses épaules nues et bronzées, nantie d'un décolleté qui rendait presque impossible de la regarder dans les yeux. Ses seins fabuleux semblaient vouloir faire exploser le tailleur de lycra bleu ultra-moulant qui faisait saillir, un peu plus bas, une croupe de jument au sommet d'une paire de jambes interminables et gainées de soie.

À quelques minuscules rides autour de sa bouche de prédatrice et de ses yeux flamboyants, on devinait qu'Alexia Cuques devait approcher de la quarantaine. Ce qui n'enlevait rien à son sex-appeal, et lui donnait au contraire une assurance, une maîtrise de vraie dominatrice.

Pour se mesurer à elle, professionnellement, sentimentalement ou sexuellement, les hommes devaient avoir intérêt à « assurer »…

Elle adressa à Boris un sourire qui lui donna l'impression qu'elle allait le dévorer tout cru. En même temps, son regard le détailla en quelques secondes, de la racine des cheveux à la pointe des pieds. Corentin eut brièvement l'impression d'être tout nu.

– Alexia Cuques, annonça Régis Fennec, est mon alter ego pour tout ce qui concerne le « Parti en Or ». Elle s'occupe, entre autres, de former le célibataire de l'émission, de le préparer à affronter vingt-quatre jolies filles devant les caméras. Il y a des choses à savoir, des erreurs à ne pas commettre, une manière de se tenir, de parler, etc. Alexia sera votre coach et votre assistante personnelle à partir de maintenant. Je vous laisse. Travaillez bien, tous les deux.

Le producteur s'éclipsa, visiblement soulagé d'avoir « refilé le bébé » à quelqu'un d'autre, et Boris se retrouva en tête à tête avec Alexia Cuques, qui avait tout l'air d'une mangeuse d'hommes.

Elle se planta devant lui, à quelques centimètres. Ele portait un rouge à lèvres écarlate et un parfum opiacé qui enivrait comme de l'alcool.

– Je sais qui vous êtes, fit-elle d'une voix rauque qui envoya des frissons jusqu'au fond du ventre de Boris. Régis m'a prévenu. Il paraît que vous êtes un as, un chasseur sur la piste d'une tueuse ?...

– Un as, je ne sais pas, fit modestement Boris, mais sur la piste d'une tueuse, certainement.

– Ce sont toutes des tueuses, lui asséna Alexia Cuques d'une manière inattendue.

– Comment ?

– Bien sûr. Je parle de nos candidates. Elles sont toutes en chasse, toutes après la même proie, et cette proie, c'est vous. Elles sont prêtes à s'arracher cette proie comme des squales une carcasse de thon.

Boris eut un sourire ironique :

– À vous entendre, on croirait vraiment qu'on va me jeter aux requins.

– Ce n'est pas loin de la vérité, fit Alexia. Bien sûr, les filles ne vont pas vous mordre… quoique… mais elles vont vous saouler de leurs sourires et de leurs grâces, commes les courtisanes d'un harem. Elles ne sont là que pour une chose : décrocher les faveurs du sultan : vous, en l'occurrence. Certaines ont tout misé là-dessus. Pour elles, ne vous y trompez pas, c'est une question de vie ou de mort. Elles sont prêtes à tuer !

– Pour celle à laquelle je pense, fit Corentin, c'est tout à fait vrai, malheureusement.

Alexia Cuques se mit à lui tourner autour en le frôlant, en l'examinant, presque en le flairant. Comme si elle cherchait à deviner ses secrets les plus profondéments enfouis.

– Je sens que vous êtes un homme à femmes, dit-elle avec une espèce de gourmandise dans la voix.

Boris eut une moue modeste.

– Si, si, insista Alexia, ne dites pas le contraire, on ne la fait pas à une femme comme moi. Au début, certaines candidates vous attireront plus que d'autres. Pour l'équilibre du jeu, il est impératif que vous adoptiez la même attitude avec toutes. C'est-à-dire à la fois charmant et courtois sans être dragueur, en gardant vos distances sans être froid ni désagréable. Ni les filles, ni les téléspectateurs ne doivent pouvoir deviner à l'avance celles que vous allez retenir à la fin de l'émission.

– Entendu, fit Boris avec une pointe d'ironie.

Rassurez-vous, ma mère m'a bien élevé : je serai poli avec tout le monde.

– Je ne plaisante pas ! le rabroua Alexia Cuques. Ça ne sera pas aussi facile que vous croyez. Certaines n'hésiteront pas à vous faire un rentre-dedans très appuyé… si vous voyez ce que je veux dire.

Comme Boris ouvrait des yeux faussement innocents, la main aux ongles rouges d'Alexia Cuques se plaqua sur son entrejambe. Il crut manquer d'air quand elle empoigna sa virilité à travers le tissu de son pantalon.

– Mon salaud, lui souffla-t-elle à l'oreille, tu es monté comme un mulet, en plus ! Quand toutes ces petites salopes vont s'en apercevoir, elles vont se mettre à mouiller comme des fontaines.

Elle le lâcha brusquement et lui tourna le dos, comme si elle poursuivait tranquillement le cours d'un exposé qu'elle était en train de faire.

– À propos de votre prénom… Boris. Comme vous avez pu le constater en visionnant le clip, nous l'avons gardé. C'est pour éviter que vous vous emmêliez les pinceaux. Vous avez vu également qu'on n'a pas mentionné votre nom de famille. Ce sera vrai pour les filles aussi, et ce jusqu'à la dernière émission de la série.

Elle ajouta en riant :

– Au « Parti en Or », personne n'a de nom : rien que des prénoms.

– Ce clip, au fait… intervint Corentin.

– Oui ?

– Il a été beaucoup diffusé ?

Alexia eut un geste vague :

– Pas mal, oui, mais uniquement sur notre chaîne, puisque c'était à la fois un appel aux candidatures féminines et une bande-annonce pour notre émission.

– C'était indispensable de me faire passer pour un ancien ingénieur informatique ayant créé sa propre entreprise aux Etats-Unis ?

Alexia Cuques eut un rire rauque, qui dévoila une dentition étincelante.

– Vous auriez préféré qu'on dise que vous êtes flic à la Brigade mondaine ?

– Non, évidemment. Mais on aurait peut-être pu trouver un domaine où je sois plus à l'aise qu'en informatique.

L'« alter ego » de Régis Fennec partit d'un nouvel éclat de rire.

– Ne vous en faites pas, dit-elle. Pour les filles, « sa propre entreprise en Amérique », ça veut dire que vous êtes bourré de fric. C'est tout ce qui les intéresse, en ce qui concerne vos activités professionnelles. De toute façon, l'informatique, elles ne s'y connaissent pas plus que vous. Il s'agit tout simplement de vous rendre parfaitement crédible, tant pour les spectateurs que pour les candidates. Il faut que vous puissiez approcher chacune des filles sans qu'elles se méfient, arriver à devenir intime avec elles pour sonder leur âme et leur cerveau.

Elle devint sérieuse, d'un seul coup, presque grave, et s'approcha de Corentin à frôler son visage avec le sien pour dire, quasiment à voix basse :

– À propos de cerveau… Dans le lot, il y en a toujours une ou deux, voire deux ou trois, qui sont un peu moins bêtes que les autres. On peut même tomber sur une fille très intelligente. C'est arrivé. C'est pourquoi je vous donne le conseil de n'en sous-estimer aucune, a priori... au cas où ce serait la « vôtre ».

Elle s'approcha encore et ses lèvres rouge vif se mirent à picorer celles de Boris. Pendant que sa bouche allait de ses commissures à son oreille, elle lui susurra :

– Tu as une mission à remplir, mon bel étalon, et moi un carton à faire à l'audimat. On devrait réussir tous les deux... si on travaille la main dans la main.

La sienne, pour la deuxième fois, se referma sur la virilité de Boris... qui se sentit s'ériger à toute vitesse, presque malgré lui.

Presque...

CHAPITRE 6

Une brise tiède venue de la mer, mêlée d'un parfum de romarin, donnait à la nuit quelque chose de mystérieux et de sensuel. Debout, en smoking, sur le perron d'une villa de plusieurs millions d'euros dominant la Méditerranée, près de Menton, Boris se disait que cette ambiance ne pouvait pas être plus appropriée.

Il ne put s'empêcher de sourire à la pensée qu'il était tout à fait dans la situation d'un homme attendant devant chez lui l'arrivée de celle qu'il avait invitée à dîner… et plus, si affinités. À quelques détails près. D'abord, il était flanqué d'un « chaperon », également en smoking, qui allait présider aux festivités. Ensuite, il était entouré de caméramen qui, leur instrument de travail sur l'épaule, n'allaient pas le lâcher de toute la soirée. Enfin… « celle » qu'il attendait n'était pas une, mais vingt-quatre !

Vingt-quatre filles dont il allait officiellement faire la connaissance ce soir, devant les caméras, mais qu'il avait déjà pu observer, lors du casting, à travers la glace sans tain du studio.

C'était même grâce à lui que nombre d'entre elles étaient là ce soir. Parce qu'une attitude, un geste, une façon de s'exprimer, avait laissé croire à Boris qu'elles n'étaient peut-être pas l'étudiante en « BTS d'Action commerciale », l'infirmière lilloise, l'hôtesse de caisse à Courbevoie ou l'assistante de direction à Créteil qu'elle prétendait être…

Tout ça, évidemment, elles l'ignoraient. De même qu'elles ne pouvaient pas se douter que le prince charmant de leurs rêves, qu'elles allaient enfin rencontrer ce soir, les avait vues, pour certaines, se livrer avec Régis Fennec à des pratiques généralement réservées à leur fiancé ou petit ami.

Tant mieux, d'ailleurs. Parce que ça aurait nettement cassé l'ambiance.

– Vous vous sentez comment ? demanda une voix masculine, tout près de lui.

Boris reprit conscience de la présence à son côté de Jean-Marc Leroy, l'animateur de l'émission. Leroy avait un sourire étincelant qui ne s'éteignait presque jamais, des cheveux bruns, coupés courts et ramenés en avant, un costume sombre près du corps, des petites lunettes et un téléphone portable qui ne quittait son oreille que lorsque les caméras tournaient… C'était frappant à quel point il avait l'air d'un animateur-télé des années 2000. À croire qu'il avait été fabriqué pour ça, comme un de ces clones domestiques des films de science-fiction actuels.

– Parfaitement bien, répondit Boris en souriant lui aussi, pour ne pas être en reste.

– Vous vous souvenez de ce qu'on vous a dit ?

Surtout, vous ne manifestez aucune préférence visible avant la fin de l'émission.

– Ne vous inquétez pas, le rassura Corentin. J'ai bien appris ma leçon. Alexia Cuques est un excellent professeur.

Jean-Marc Leroy lui jeta un regard un peu flou, comme s'il cherchait à deviner un éventuel sous-entendu.

Il n'eut pas le temps de s'apesantir sur la question. Depuis la régie, le réalisateur lui annonça dans son oreillette que l'enregistrement de l'émission commençait dans quelques secondes.

– On y va ! souffla-t-il à Boris. Écoutez-moi, souriez, et restez bien dans le personnage.

L'instant d'après, Jean-Marc Leroy débitait son petit laïus parfaitement appris, face aux caméras. Il expliqua le principe du jeu pour ceux qui ne le connaissaient pas encore, et présenta le célibataire du « Parti en Or » – Boris, en l'occurrence – à ceux – et surtout à celles – qui auraient raté les spots de présentation. Enfin, il annonça, s'adressant cette fois à Boris :

– Mon cher Boris, le moment est venu de faire la connaissance de vos vingt-quatre ravissantes prétendantes. Elles vont arriver l'une après l'autre à partir de maintenant… Je vous laisse.

Boris le regarda s'éloigner avec soulagement et reporta son attention sur la grande allée gravillonnée, entre deux haies d'hortensias, qui menait jusqu'à la villa.

Une première limousine apparut quelques secondes après. Noire, interminable, digne de conduire une star à la cérémonie des Oscars. Elle freina en douceur juste devant Boris. Le chauffeur se précipita pour ouvrir la portière et Corentin vit sortit du véhicule une superbe et sculpturale rousse aux cheveux très longs, moulée dans une robe du soir de soie verte. À l'instant où elle posa les yeux sur lui, elle lui adressa un sourire de tigresse. L'analogie féline se confirma quand elle s'approcha de lui à grandes enjambées, puisqu'elle avait les yeux verts.

– Bonsoir, dit-elle d'une voix légèrement rauque, je m'appelle Julia. Je suis très heureuse de te connaître.

Boris l'avait presque oublié : le célibataire et les candidates se tutoyaient d'entrée de jeu.

– Moi, c'est Boris, fit-il comme si la fille pouvait ignorer son prénom. Moi aussi, ça me fait plaisir de te connaître.

Ils s'embrassèrent sur les deux joues. Boris remarqua que Julia en profitait pour appuyer contre lui, au passage, sa voluptueuse poitrine.

Toujours selon le cérémonial qu'il avait parfaitement appris, Boris s'écarta en désignant l'intérieur de la maison :

– Tu vas m'attendre au salon en buvant une coupe de champagne ? On se voit dans un petit moment, d'accord ?

– D'accord, à tout de suite, ronronna la rousse en lui souriant et en l'effleurant à nouveau, avant de s'éloigner – à regret – vers l'intérieur de la villa.

Cette fille-là, pensa Boris, était chaude comme une braise. Si les vingt-trois autres étaient comme elle… les négociations allaient être serrées.

La suivante était une jolie blonde aux cheveux courts nommée Lætitia. Elle avait moins de poitrine que Julia, mais sa robe en lamé était fendue si haut sur la cuisse que quand elle allongeait le pas, Boris croyait deviner qu'elle ne portait pas de culotte. Ou n'était-ce qu'une impression ?...

À leur tour, ils échangèrent les formules convenues, avant que Boris ne « l'expédie » en douceur vers les profondeurs de la villa.

Celle-ci comportait de nombreux patios, jardins et terrasses, sur lesquels ouvraient pratiquement toutes les pièces. Le grand salon, par exemple, où les vingt-quatre filles et le célibataire allaient être réunis pour la première fois, débouchait sur un jardin, lui-même dominant la mer.

Un vrai décor de cinéma. Ou plutôt, en l'occurrence, de télévision.

Le ballet des limousines continua.

Boris vit sortir des voitures et foncer vers lui un des plus étonnants assortiments de filles qu'il avait jamais vu : des blondes, des brunes, des rousses, une Africaine et deux Guadeloupéennes... Elles étaient toutes jolies, chacune à leur manière, et toutes le dévoraient des yeux et du sourire, comme s'il était le dernier survivant masculin sur cette planète après une catastrophe nucléaire.

En voyant arriver vers lui, tout sourire dehors et tous seins en avant, une brune plantureuse qui dit se prénommer Patricia, Boris eut un flash. Il la revit soudain, à quatre pattes sur l'un des fauteuils en cuir du studio de casting de Régis Fennec, en train de se faire prendre sauvagement par le producteur du

« Parti en Or »... qui, si Boris avait bonne mémoire, l'avait pénétrée par son entrée la plus étroite.

Il eut une nouvelle « vision » à l'arrivée de Sonia, une grande brune très mince aux lèvres charnues et aux yeux charbonneux, avec peu de poitrine mais une silhouette de top-model. Boris se souvenait parfaitement d'elle, à genoux, la tête rejetée en arrière et la mine extatique, pendant que Régis Fennec se déversait sur son visage à longs jets impétueux.

Quand il vit Béatrice sortir de la limousine noire, il eut une poussée d'adrénaline et son cœur se mit à battre un peu plus vite.

Celle-là, il l'attendait plus particulièrement.

C'était la grande brune voluptueuse à l'élégance indéfinissable, que Ghislaine et lui avaient repérée, derrière la glace sans tain, parce qu'elle semblait familière du « grand monde » et même de la jet set. Et ce, bien qu'elle affirme être hôtesse d'accueil à Plaisir en Yvelines. Les lieux très chic et très chers qu'elle semblait connaître, son chemisier Chanel hors de prix... tout ça n'allait pas avec le « CV » qu'elle avait donné.

Ce qui cadrait plus, en revanche, avec ce « profil », c'était la facilité avec laquelle elle avait cédé à Fennec, quand celui-ci lui avait ordonné de se mettre entièrement nue devant lui – et devant sa caméra – et de lui pratiquer une fellation.

Ce n'était pas que les filles « Neuilly-Auteuil-Passy » soient forcément moins dévergondées que celles des quartiers populaires. Mais ces dernières, on pouvait le penser, avaient peut-être plus « besoin » de la notoriété télévisuelle, le passeport, à leurs yeux, pour une vie plus facile et plus confortable. Du coup, peut-être étaient-elles plus disposées à faire ce genre de… concession.

Quand Béatrice vint l'embrasser, Boris guetta une lueur particulière dans son regard, sans savoir au juste laquelle. Peut-être un mélange de passion et de folie pure… Mais en dehors de cette façon de bouger qui semblait appartenir à un milieu privilégié, il n'y avait rien, chez elle, qui puisse la désigner comme étant la tueuse au foulard.

Le défilé parut interminable à Boris. Enfin, après avoir accueilli la dernière candidate, il rejoignit tout le groupe dans le salon ouvert sur le jardin. À son arrivée, ce fut comme une volière pleine à craquer dont tous les oiseaux prennent leur envol en même temps. Les filles se jetèrent sur lui avec des pépiements et des petits cris aigus, tout ça dans le fracas provoqué par vingt-quatre paires de talons-aiguillles frappant les tommettes du sol comme une pluie de grêlons sur un tambour.

Toujours suivi par trois ou quatre cameramen qui manœuvraient savamment pour ne pas se filmer les uns les autres, Boris alla s'installer sur un canapé, invitant du geste les filles à s'asseoir autour de lui, comme elles le pouvaient. En les voyant posées un peu partout dans la pièce, il avait la sensation désagréable d'être un personnage du film d'Hitchcock, « Les Oiseaux », juste avant que les volatiles ne quittent tous au même instant leurs perchoirs pour fondre sur lui et lui arracher les yeux.

Les filles commencèrent par lui faire jouer au jeu des prénoms, l'objectif étant, pour chacune, de savoir s'il se rappelait le sien. La fabuleuse mémoire de Boris lui permit de se tirer de cette épreuve avec les honneurs. Les candidates le questionnèrent ensuite sur sa vie amoureuse. Des interrogations, toujours les mêmes au fil des émissions, qu'Alexia Cuques lui avait fait préparer comme les questions de code au permis de conduire. Combien de « fiancées » avait-il eues dans sa vie ? Là, évidemment, pas question de dire la vérité. Boris confessa modestement quatre ou cinq liaisons « sérieuses », un chiffre équilibré, pensa-t-il : moins, il aurait l'air incompétent avec les filles ; plus, il passerait pour un dragueur. Son type de femme ? Ça, c'était la question-piège à laquelle il n'y avait qu'une réponse possible : aucun. Il était attiré par tous les types de femmes. Pourquoi ne s'était-il jamais marié ? Là, c'était facile : l'informatique était une jungle, surtout en Amérique, où pour survivre à la concurrence, il fallait travailler jour et nuit au point de tout sacrifier à son job. Mais cette fois, il était décidé à faire une pause et à trouver la femme de sa vie.

Les unes après les autres, les filles l'attrapèrent par la main pour l'attirer dans le jardin, dans un coin isolé où dans une autre pièce. Ça faisait partie du jeu. Chacune, en principe, avait droit à deux ou trois minute en tête à tête avec le célibataire tant convoité. Pour mieux se présenter et faire plus ample connaissance.

Une blonde prénommée Samantha, après avoir entraîné Boris dans le jardin, se plaqua contre lui et lui murmura à l'oreille, pour échapper aux micros :

– Je voulais juste te dire que je suis foutue comme

une déesse et que je suis le meilleur coup de la Côte d'Azur. Si tu me choisis, je te garantis que tu prendras un pied à te faire gicler la cervelle par la bonde de vidange, tous les jours de ta vie.

Sur ce, elle se recula légèrement et, tournant le dos à la caméra pour masquer son geste, plaqua la main sur la virilité de Boris et se mit à la masser vigoureusement à travers le tissu de son pantalon.

Son corps réagit malgré lui et il commença à s'ériger à toute vitesse.

Samantha écarquilla les yeux et ouvrit la bouche de stupéfaction.

– Putain ! souffla-t-elle, quelle queue ! J'ai envie de la goûter tout de suite ! Je peux, dis ?

– On se calme ! fit Boris en la repoussant doucement. N'oublie pas qu'on nous regarde.

Et il la ramena à l'intérieur. Peut-être un peu trop vite, car la bosse qui déformait le tissu de son smoking n'échappa pas à un certain nombre de filles. Qui eurent des expressions allant de l'amusement à la gêne… en passant par la haine à l'égard de Samantha.

Boris se hâta de suivre une autre fille, la grande rousse prénommée Julia. Elle aussi l'entraîna dans le jardin, mais au lieu de le plaquer contre un mur ou une colonne, comme il le redoutait, elle le fit asseoir en face d'elle dans un fauteuil d'été. Elle lui parla de ses rêves de mariage avec un homme qui serait à la fois un « killer » dans son métier et un grand romantique dans la vie. C'est comme ça qu'elle voyait l'amour, disait-elle : une longue promenade romantique.

Boris était intrigué : cette soudaine soif de romance à l'eau de rose contrastait étrangement avec son comportement provocant de tout à l'heure.

C'est alors qu'il s'aperçut d'un « détail », qui lui avait échappé à cause de la semi-obscurité : la jupe à la fois relevée et fendue très haut de Julia révélait qu'elle ne portait rien en dessous. Boris avait une vue plongeante sur la toison flamboyante de son ventre… au milieu de laquelle les doigts de la jeune femme s'agitaient dans un mouvement circulaire révélateur…

– Il faut rentrer, décréta Boris en l'attrapant par un bras.

Il la lâcha à l'entrée du salon et se dirigea vers la pièce dite « de réflexion », celle où il devait retrouver à certains moments bien précis l'animateur de l'émission.

Jean-Marc Leroy, vautré dans un fauteuil, se leva d'un bond en le voyant entrer :

– Mais… ce n'est pas encore l'heure !…

– Il me faut une valse ! annnonça Boris.

– Une quoi ?

– Une valse ! Vous savez bien : Strauss, « Le Beau Danube bleu », etc. Je viens d'avoir une idée. C'est très important. Faites-moi envoyer ça tout de suite !

Il sortit pour regagner le salon, où une exclamation de bonheur accueillit son retour.

– Je suis tellement bien avec vous que j'ai envie de danser !… lança-t-il.

– Ouais, génial ! répondirent plusieurs filles.

– Une valse ! acheva Corentin.

Un silence de mort tomba d'un seul coup. Les filles se regardèrent, visiblement embêtées. La valse, de toute évidence, n'était pas leur spécialité.

– Si vous ne savez pas, ce n'est pas grave, fit joyeusement Boris au moment où s'élevaient les premiers accords du célèbre « Danube ». C'est juste pour marquer le coup, de toute façon. Allez, j'en choisis une au hasard !

Il fit mine de tourner sur lui-même au rythme de la musique et, un peu étourdi, de laisser sa main se diriger toute seule vers une des filles.

Une fille qu'il avait bien sûr choisie à l'avance : la dénommée Béatrice, celle qui semblait connaître les lieux chic et chers de la capitale et qui portait des fringues hors de prix.

Boris l'attrapa par la main et l'entraîna au milieu de la pièce, où il se mit à la faire tourner sur un rythme à trois temps.

Un rythme extrêmement difficile à prendre et à suivre, pour tout valseur – ou valseuse – néophyte.

Boris, lui, avait déjà eu l'occasion de travailler la question et se débrouillait correctement.

Mais Béatrice, elle, avait l'air d'avoir grandi à la cour de François-Joseph d'Autriche ! Une aisance pareille… c'était impressionnant à voir. On se serait cru dans un film du genre « Mayerling » !

Si celle-là avait été élevée dans une banlieue ouvrière, pensa Boris, lui était petit rat de l'opéra !

Il libéra sa partenaire avant la fin de la danse, en la remerciant sans faire de commentaires, et accepta l'invitation au tête à tête d'une fille à laquelle il n'avait pas encore parlé. Elle s'appelait Agnès, elle était brune, élancée et sportive, jolie et « nature » à la fois.

– Alors, dit-elle en marchant près de lui à travers le parc, en direction de la piscine, quel effet ça fait d'être un coq dans un poulaillller ?

Boris éclata de rire. Celle-là, au moins, ne se croyait pas obligée de lui jouer du violon ou de lui sauter à la braguette d'entrée de jeu. C'était plutôt rafraîchissant.

– C'est très intimidant, répondit sincèrement Boris.

Agnès eut un rire léger :

– Console-toi en pensant à tous les types qui paieraient pour être à ta place, dit-elle.

Boris la regarda plus attentivement. Dans la lumière de la lune, ses yeux bruns brillaient d'une lueur à la fois vivace et généreuse. Cette fille-là, de toute évidence, était bien plus qu'une simple poupée barbie cherchant à se caser avec un homme fortuné.

Comme si elle devinait sa pensée, elle ajouta :

– Si tu ne me choisis pas, tout à l'heure, je ne t'en voudrai pas. J'aurai bien rigolé tout de même.

Respectant la règle qui lui interdisait de manifester une préférence avant le moment fatidique, Boris se contenta de sourire sans faire de commentaire.

Mais il savait que tout à l'heure, Agnès serait parmi les douze à qui il offrirait un bijou, comme une invitation symbolique à rester auprès de lui.

Quand arriva l'heure décisive de la délibération, Boris passa un très long moment dans le « salon de réflexion », qui n'avait jamais aussi bien porté son nom. Une par une, il examina les vingt-quatre photos encadrées au mur de la pièce, en mobilisant toute sa concentration, tout son instinct... et toute sa mémoire.

Comme au ralenti, il se repassa mentalement chaque geste, chaque expression, chaque parole, de chacune des filles au cours de cette soirée.

C'était tout ce qu'il avait pour décider si elles faisaient partie des possibles coupables, ou non.

Et il n'avait pas droit à l'erreur : s'il se trompait, la criminelle quitterait l'émission et repartirait dans la nature, où elle ne manquerait pas de commettre de nouveaux meurtres... dont il serait, lui, partiellement responsable.

Si son célèbre sixième sens devait le laisser tomber, pensa Boris Corentin, que ce soit n'importe quand... mais pas maintenant.

Il finit par arrêter son choix sur douze filles.

Douze filles qui, toutes, avaient eu un geste, une attitude, une expression... parfois même moins que ça, enfin, quelque chose qui aurait pu laisser supposer que... En clair, qu'elles n'étaient pas ce qu'elles prétendaient être.

Douze filles que Boris avait décidé de mieux connaître.

Parmi elles, se trouvait Agnès, pour des raisons d'affinités personnelles, il avait un peu honte de se l'avouer. Et Béatrice, bien sûr, parce qu'elle restait la principale suspecte ; la plus proche du « profil » de la tueuse au foulard Hermès. Ses qualités de valseuse n'avaient fait que le confirmer.

Évidemment, c'était loin de constituer une preuve de sa culpabilité.

Cette nuit-là, dans sa chambre du Régency, torturé par l'idée qu'il avait peut-être laissé échapper une des pires « serial-killeuses » du début du vingt et unième siècle, Boris eut du mal à trouver le sommeil.

CHAPITRE 7

Sergio Silvani adorait le samedi. Et plus particulièrement, le samedi sur la Côte d'Azur, où il avait d'ailleurs toujours vécu. Il n'y avait qu'ici, pensait-il, qu'on trouvait à la fois autant de soleil et autant de jolies filles. Des grandes, des petites, des rondes, des minces, des brunes, des blondes... On voyait des petits seins qui dansaient comme des œufs au plat sous des tee-shirts quasi transparents, des gros seins voluptueux et lourds, que les soutiens-gorge contenaient à peine et dans lesquels on avait envie d'enfouir le visage... Bref, le Disneyland de l'hétéro !

Sergio Silvani se voyait comme une sorte de féministe, puisque pour lui, toutes les filles, toutes les femmes, avaient leur charme et leur mystère.

Et le samedi, elles étaient toutes dehors à faire du shopping ou à traîner entre copines aux terrasses des cafés. Un régal pour un amateur comme lui, qui passait ce jour-là à se rincer l'œil, comme d'autres partent en week-end ou vont à leur club de sport.

Son sport à lui, c'était la drague, où il se considérait comme l'équivalent d'une ceinture noire troisième « dan ». Il avait commencé à quatorze ans, à l'école communale de sa ville natale d'Antibes. Son premier rapport sexuel, il l'avait eu à cet âge-là, avec une fille de sa classe, dans les toilettes de l'école. Il avait continué sur les marchés, où il avait commencé à travailler à dix-sept ans avec son oncle, qui avait une petite entreprise de fuits et légumes... Plus tard, à la mort de l'oncle, Sergio avait repris l'entreprise et l'avait développée avec des ramifications dans tous les pays africains et asiatiques. Résultat : au bout de quelques années, il était devenu l'un des principaux importateurs français de fruits tropicaux, et le premier fournisseur des traiteurs parisiens de luxe.

Sergio, qui avait de l'humour, répétait volontiers que les fruits avaient fait de lui une grosse légume !

Mais ce succès professionnel ne lui avait pas fait perdre de vue sa véritable et unique passion : les femmes. Et son obsession de tous les instants : arriver à coucher avec toutes celles qui lui faisaient envie.

Tout lui était bon : une histoire de plusieurs mois au cours de laquelle, courant toujours « plusieurs lièvres à la fois », il ne cesserait de mentir et d'inventer des histoires abracadabrantes ; ou une « baise » vite fait, sur le coin d'un bureau, un placard à balais ou dans les toilettes d'un bistrot.

Lui, son truc, son moment favori, ce n'était pas ce fameux « escalier que l'on monte avant l'amour », c'était le sexe lui-même. Et plus particulièrement cet instant – « paradisiaque », disait-il – où il s'enfonçait pour la première fois dans le ventre offert, chaud et trempé de celle qui était enfin à sa merci.

Et comme, finalement, tout le reste était secondaire, il en était arrivé, pour gagner du temps, à pratiquer une méthode de drague assez radicale : aborder les filles en leur proposant directement et carrément la « botte ».

Ce n'était qu'une question de confiance en soi, disait-il, et d'assurance au moment de l'« abordage ». Le secret, c'était de ne pas avoir l'air d'envisager qu'elle puisse dire non. Même si, bien sûr, c'était ce qui arrivait la plupart du temps. Mais les statistiques étaient pour lui. Sur dix filles abordées de cette manière franche et directe, une lui retournait une claque, quatre l'insultaient, quatre l'envoyaient promener d'un « ça va pas, la tête ! » outré… et une acceptait la proposition. En toute simplicité, en quelque sorte. Parce qu'elle en avait envie, elle aussi ; parce qu'elle était peut-être en manque de sexe ; parce qu'elle estimait qu'une femme avait autant le droit qu'un homme de « s'envoyer en l'air » pour le plaisir, sans attaches et sans obligations.

Une sur dix… c'était plus que satisfaisant, comme pourcentage. Évidemment, il fallait être capable d'oublier totalement son amour-propre. Mais Sergio Silvani n'avait aucun problème avec ça. Et puis, il compensait grâce à un physique avantageux. Grand, athlétique, brun légèrement bouclé aux yeux sombres, il entretenait son hâle, qui faisait ressortir son sourire éclatant. Un sourire de star auquel il était persuadé qu'aucune femme ne devait résister.

Il y avait une bonne heure qu'il écumait les rues de Cannes à la recherche d'une proie, comme un squale près d'une plage bondée.

Soudain, en longeant la Croisette pour la quatrième fois au volant de sa MG coupé sport, il la vit.

Elle était attablée à la terrasse du « Festival », un des restaurants qui, pendant l'événement cinématographique du même nom, attirait tous les jours une foule de vedettes et de gros pontes de l'industrie du rêve.

Une brune élancée et superbe, moulée dans un haut de lycra au décolleté plongeant, littéralement déformé par ses seins ronds comme des pommes et palpitants comme des poussins dans leur nid. Une « bombe », selon l'expression en vogue.

Quant au bas, visible sous la table, il se présentait sous la forme d'une paire de jambes longues et fines, sortant d'une jupe courte aussi moulante que le body. Malgré la position assise de la fille – qui ne devait pas avoir plus de vingt-trois ou vingt-quatre ans – Sergio Silvani devina que le bas était largement aussi « canon » que le haut.

Même le visage, d'un ovale parfait avec de grands yeux noisette, était digne de figurer sur une couverture de magazine.

Il écrasa le frein de sa MG, qui s'arrêta dans un crissement de pneus à la hauteur du restaurant. Une chance que le Festival ne commence que dans une semaine : autrement, il lui aurait été impossible de se garer à cet endroit de la Croisette. Il sauta de sa voiture et se dirigea vers la fille. En s'approchant, il remarqua qu'elle avait devant elle un seul couvert, une assiette à dessert vide et une tasse de café. Parfait : elle était seule. C'était le moment de passer à l'attaque.

Sergio se planta devant la jolie brune et lui adressa son sourire le plus ravageur.

– Bonjour, dit-il, je m'appelle Sergio. En vous voyant, j'ai été aveuglé par votre charme et votre beauté et je me suis dit qu'une fille aussi belle que vous, c'était un crime de la laisser boire son café toute seule ! Est-ce que je peux vous offrir le vôtre ? Et même vous offrir votre repas ?

La brune leva la tête vers Sergio et le considéra un moment en paraissant réfléchir. Puis elle éclata franchement de rire.

– Asseyez-vous, dit-elle.

Sergio ne se le fit pas dire deux fois.

– Ce n'est pas follement original, continua la fille, votre façon de draguer, mais au moins, vous y allez franchement. J'avoue que ça me plaît.

Ces paroles, combinées avec le sourire éblouissant qu'elle braqua dans sa direction, mirent le feu aux tempes de l'importateur de fruits exotiques.

La fille s'accouda à la table et, penchée vers lui, demanda :

– Et la deuxième étape, c'est quoi ?

Sergio Silvani prit sa respiration et lança sa réplique décisive :

– Écoutez… nous sommes des grandes personnes qui savent ce qu'elles veulent et qui n'ont pas de temps à perdre. Moi, j'ai terriblement envie de vous. Vous pouvez m'envoyer promener ; si vous le faites, je m'en irai et je ne vous embêterai plus. Dans le cas contraire, j'ai une villa sur les Hauts-de-Cannes où il y a l'air conditionné, du champagne, un lit king size avec des miroirs aux murs et au plafond, bref... tout ce qu'il faut pour nous permettre de passer une après-midi inoubliable, tous les deux. Qu'est-ce que vous en dites ?

La fille se pencha un peu plus dans sa direction et Sergio crut voir une étrange lueur traverser son regard. Mais son sourire s'élargit et sa réponse ne se fit pas attendre :

– J'accepte tout en bloc, dit-elle : le café, l'addition... et le reste. Surtout le reste.

Une minute plus tard, Sergio, fonçait sur la Croisette au volant de sa MG, direction l'embranchement pour les Hauts-de-Cannes. À côté de lui, la brune sublime du restaurant avait sorti un très joli foulard à motifs de chasse à courre pour se couvrir la tête et limiter les dégâts du vent sur sa coiffure.

– Au fait, cria Sergio pour couvrir le bruit du moteur, c'est comment, ton nom ?

– Barbara, répondit la fille sans le regarder.

– Moi, c'est Sergio !

Elle tourna la tête vers lui et le regarda avec un sourire indéchiffrable.

– Ça te va bien, dit-elle.

Il fallut moins d'un quart d'heure à Sergio Silvani pour atteindre sa villa des Hauts-de-Cannes. On voyait qu'elle avait été construite récemment : l'herbe n'avait pas encore fini de pousser sur les espaces de jardin et l'ensemble avait un petit côté villa-témoin de parc résidentiel.

La chambre « de maître », en tout cas, valait le coup d'œil.

Le lit, comme annoncé, avait des dimensions « king size », et il était en plus nanti d'un baldaquin ! En se penchant par en dessous, « Barbara » constata que le miroir également promis était intégré dans le « ciel de lit » du baldaquin. La pièce elle-même était circulaire, avec des facettes recouvertes chacune d'un miroir fumé, comme l'était celui du baldaquin. L'effet obtenu était de multiplier à l'infini le nombre de personnes se trouvant dans la pièce… ou sur le lit.

Celui-ci comportait une sorte de tableau de bord, incorporé dans l'une de ses colonnes de tête. Barbara, curieuse, exigea une démonstration et Sergio ne se fit pas prier. Il appuya sur un bouton et le lit fut parcouru de véritables secousses telluriques. Un autre bouton… d'ondulations évoquant des vagues. Un autre encore… de vivrations intenses. Une série de manettes commandaient les variations lumineuses de la pièce. Une autre, la musique, avec un choix de douze CD dans une chaîne aussi invisible que ses enceintes. Enfin, une grosse molette ronde, actionnée par Sergio, fit sortir du mur un énorme bar lumineux au centre duquel coulait une fontaine… de champagne.

Barbara éclata de rire et applaudit :

– Bravo ! dit-elle. Génial ! La panoplie complète de l'étalon ! On se demande comment une fille pourrait te résister en voyant tout ça.

Un sourire satisfait sur le visage, Sergio dégrafa sa chemise, révélant une poitrine velue où une grosse chaîne d'or se perdait au milieu des poils. Il se débarrassa dans la foulée de ses boots et de son pantalon, puis glissa les pouces dans l'élastique de son slip en annonçant :

– Tu n'as encore rien vu. Le plus bel accessoire de tous, c'est celui-là !

Et il fit descendre son sous-vêtement, libérant une virilité impressionnante qui se tendit comme un ressort. Son membre était noueux, épais, avec une tête plus large que la colonne de chair elle-même. À vue de nez, l'« objet » mesurait plus de vingt centimètres, et il était assorti de deux sacs lourds et volumineux qui semblaient s'étirer sous l'effet de leur propre poids.

Barbara garda les yeux fixés sur l'engin pointé sur elle comme une arme, pendant qu'elle se débarrassait à son tour de ses vêtements. Puis, elle alla à la « fontaine à champagne » remplir deux coupes. Elle tendit la première à Sergio, vida presque entièrement la sienne, mais… n'avala pas le breuvage. Elle tomba à genoux devant la virilité tendue à se rompre, et l'engloutit d'un seul coup, presque entièrement.

Sergio Silvani eut un sourire-réflexe sous l'effet de la surprise très agréable qu'il venait d'avoir : son membre, plongé dans le fourreau brûlant d'une bouche féminine, mais avec une sorte de couche intermédiaire, à la fois glacée et pétillante.

La fellation façon profiterolles, en quelque sorte.

– Ouaouou ! gémit-il. C'est fabuleux, ce que tu me fais !

Barbara continua un long moment de le faire aller et venir dans sa bouche, en maintenant les lèvres hermétiquement closes autour de lui pour éviter les « fuites » de champagne. Quand elle le sentit gonfler et durcir encore davantage sous l'effet de la jouissance imminente qui commençait à monter de ses reins, elle l'abandonna et recracha dans la fontaine le champagne qui avait servi à la fellation.

Elle avança sur Sergio comme une tigresse, dans une sorte d'ondulation vaguement menaçante, et le poussa sur le lit où il tomba en arrière.

– Ne bouge pas et laisse-toi faire, ordonna-t-elle. C'est moi qui prends les initiatives à partir de maintenant. La suite du programme va te faire mourir de plaisir...

Un sourire béat s'élargit sur le visage de playboy de Sergio Silvani.

Le début du programme l'avait déjà fait « mourir de plaisir ». Si la suite était encore meilleure... Barbara avait toutes les chances de s'inscrire à la première place de son palmarès amoureux. Où Dieu sait que la concurrence était rude !

Elle dénoua le foulard de soie qu'elle avait gardé autour du cou, depuis la voiture, et qui était son seul vêtement, et l'enroula autour du sexe dressé de son partenaire, dont elle l'arracha plusieurs fois de suite en s'arrangeant pour faire glisser la soie contre le point le plus sensible du membre viril, juste sous le casque violacé. Sergio poussa à chaque fois un gémissement de bonheur... presque douloureux. Barbara abandonna un instant son foulard autour du pieu de chair palpitant pour aller chercher quelque chose dans son sac à main. Sergio eut à peine le temps de s'en rendre compte, qu'elle était déjà revenue, déjà à califourchon sur sa poitrine.

– Qu'est-ce que tu fais ? demanda-t-il en prenant une voix de petit garçon s'attendant à être puni...

Ou une voix d'homme se soumettant avec des frissons d'extase aux sévérités d'une dominatrice.

Le temps qu'il pose cette question, ses deux poignets étaient déjà attachés aux colonnes du baldaquin.

– Je te l'ai dit, ronronna Barbara en lui liant les chevilles : je vais te faire mourir de plaisir.

Ses préparatifs achevés, elle s'empala sur son partenaire avec un feulement rauque et se cambra pour qu'il la pénètre aussi profondément que possible. Sa croupe se mit à aller et venir verticalement, à toute vitesse, comme une bielle autour d'un piston.

Sergio Silvani poussait une sorte de hululement ridicule et ininterompu, qui montait en puissance en même temps que son plaisir.

Cette manifestation sonore exaspéra Barbara.

Qui décida de le tuer plus vite encore qu'elle ne l'avait prévu.

Quant elle lui noua son foulard Hermès auour du cou, Silvani cessa de hululer et ouvrit des yeux étonnés, vaguement craintifs.

– Qu'est-ce que tu fais ? demanda-t-il, répétant sa question de tout à l'heure.

– Je te l'ai dit... Tu vas voir : c'es un petit truc qui va te faire bander encore plus gros et plus dur... et jouir encore plus fort. Et moi aussi, par la même occasion.

Elle serra. Presque aussitôt, elle ressentit au plus

intime d'elle-même l'effet délicieux attendu : le pieu de chair qui la pilonnait semblait doubler de volume. À croire qu'il allait la déchirer, l'ouvrir en deux !

Les yeux de Sergio Silvani devinrent rouges, puis exorbités à tel point que Barbara crut qu'ils allaient lui sauter à la figure.

Celle de Silvani devint couleur brique, puis rouge écrevisse...

Barbara serrait toujours. De plus en plus fort.

Ses années de natation, au très chic Racing Club de France, lui avaient donné une puissance terrible dans les bras. Sans trop les gonfler, heureusement.

Sergio Silvani voulut dire – ou crier – quelque chose, mais seul un misérable gargouillis s'échappa de sa bouche ouverte, cherchant désespérément une goulée d'air.

Barbara serra encore plus fort. De toutes ses forces, cette fois. Le membre qu'elle chevauchait gonfla encore, puis sembla exploser en elle, crachant une série de jets bouillonnants qui la fouettèrent de l'intérieur.

Déclenchant le plus violent orgasme qu'elle avait eu depuis longtemps.

Depuis, en fait, celui que lui avait procuré Edouard Masselier, sa précédente victime.

Le dénommé Sergio venait de le rejoindre au paradis des beaux bruns athlétiques et bouclés, prétentieux et dragueurs, qui avaient eu le malheur de croiser sa route.

Barbara se demanda furtivement si celui-là avait eu le temps de profiter de son propre orgasme, avant de mourir. Puis elle chassa cette question d'un haussement d'épaules.

Quelle importance ?...

Elle prit le temps de prendre une douche avant de se rhabiller tranquillement et d'essuyer, à l'aide d'un mouchoir, toutes les empreintes qu'elle avait pu laisser dans la pièce. En particulier sur les coupes à champagne.

Elle s'assura que le nouveau carré Hermès qu'elle venait de sacrifier était harmonieusement disposé autour du cou de sa victime.

Enfin, elle regarda sa montre.

Elle avait largement le temps d'être de retour à l'heure à l'hôtel Régency, pour dîner avec les autres filles.

Les onze qui, comme elle, étaient encore en lice pour le « Parti en Or ».

CHAPITRE 8

Boris voyait deux lunes : celle qui, de l'autre côté de la baie vitrée de sa chambre, illuminait le ciel noir de la nuit azuréenne… et celle, pleine et charnue, de la croupe blanche de Cécile. Sauf que cette seconde « lune » dansait un ballet frénétique et vertical au-dessus de lui, pendant que Cécile, lui tournant le dos, chevauchait fougueusement son membre dressé comme un mât.

Il y avait deux bonnes heures que cette petite allumée s'était introduite dans sa chambre, presque par effraction. « Allumée », c'était le qualificatif qui était venu à l'esprit de Boris pour la décrire, tant elle lui avait paru cinglée.

Ça avait commencé par des coups discrets mais répétés, frappés à la porte de sa chambre du Régency. Boris, alias le « Célibataire », ou le « Parti en Or », était logé dans le même hôtel que les filles, mais dans l'aile opposée du bâtiment. De plus, la production faisait exercer une surveillance discrète dans les couloirs pour intercepter les candidates qui décideraient de profiter de la nuit pour aller rejoindre le célibataire dans sa chambre… et lui offrir une petite séance ultra-chaude destinée à l'influencer définitivement en leur faveur.

Comment la dénommée Cécile, une ravissante liane blonde aux cheveux courts, avait-elle fait pour franchir les barrages sans se faire pincer ? Elle était sans doute plus maligne que les autres, voilà tout.

Cécile… Boris se souvenait de son prénom, d'autant plus qu'elle était l'une des douze qu'il avait choisies dans sa première sélection. À la fois parce qu'elle avait un corps de mannequin spécialisé dans la lingerie, et parce qu'elle avait un petit côté « « vieille France » qui détonnait légèrement avec le style de la plupart des filles…

Qu'elle soit, en plus, légèrement cinglée, Boris venait seulement de le découvrir. Ça lui avait sauté aux yeux à l'instant où il avait eu la malencontreuse idée de lui ouvrir sa porte. Aussitôt, elle s'était ruée à l'intérieur et jetée contre sa poitrine en lui faisant un numéro absurde : « Protégez-moi, mon gentil seigneur ! Asile ! je demande asile de vos bras puissants ! » avait-elle fait mine de le supplier. Et tout en dénouant fiévreusement le cordon du peignoir de Boris – et du sien en même temps –, elle avait continué dans le même registre : « Je ne puis vous résister davantage ! Je me rends à vous ! Je suis votre esclave ! Votre chose ! Rassurez-vous, je ne me donne pas ainsi à tous les hommes ! Vous êtes le seul ! L'unique ! Ensemencez mon ventre de votre liqueur exquise ! Ou prenez ma bouche ! Ou mes reins ! Ou les trois ! Oui, c'est ça : les trois ! Je vous boirai pour finir ! »

S'il y avait une chose qui agaçait Corentin, c'était les filles qui se croyaient obligées de jouer des personnages chichiteux ou maniérés, ce qui n'était qu'une manière hypocrite et ridicule de ne pas dire qu'elles avaient tout simplement envie de sexe.

Boris, qui venait seulement de trouver le sommeil quand Cécile l'avait réveillé, avait dans un premier temps eu très envie de la jeter dehors. Mais à l'instant où il allait l'empoigner pour lui faire passer la porte dans l'autre sens, il avait senti les lèvres brûlantes de la blonde s'emparer de sa virilité et commencer à la faire coulisser dans leur étau moelleux.

Alors, d'un seul coup, ses défenses étaient tombées en même temps que sa colère. Avec un gémissement de plaisir, il avait abandonné à la caresse de Cécile une partie de lui-même dont le volume et la fermeté augmentait à chaque seconde.

Cinglée, oui... Ça ne s'était pas démenti quand elle l'avait poussé sur son lit en chantonnant presque : « Je suis une cavalière émérite ! Depuis toute petite, au château, je vis en compagnie de mes destriers ! Mes parents, le roi et la reine de Moldavie, m'ont offert mon premier pur-sang, Ulysse, quand j'avais six ans ! Tu vas voir comme je me tiens bien en selle ! Juge de mon assiette ! Pour le trot enlevé, je suis la meilleure du monde ! »

Boris avait bien été obligé d'admettre que dans cette spécialité, elle avait effectivement des dons remarquables. Elle en était consciente, assurément, car en deux heures de temps, Cécile l'avait fait jouir trois fois dans cette position : celle où elle était maintenant. De dos, cuisses repliées de chaque côté des siennes, montant et descendant le long de sa virilité, avec une régularité de métronome. Exactement comme une amazone élégante et insouciante, longeant une allée cavalière de la forêt de Fontainebleau.

À ce petit détail près : Cécile était particulièrement étroite, et possédait en plus la capacité rare de resserrer sa féminité autour du membre viril qui la pénétrait, comme les anneaux d'un boa constrictor autour de sa proie. Ce qui donnait à Boris l'impression qu'une main le saisissait à l'intérieur même du ventre de sa partenaire, pour le malaxer et le pétrir pendant ses va-et-vient.

Ce traitement procurait un plaisir insoutenable, auquel un homme normalement constitué n'aurait sans doute pas pu résister plus d'une minute ou deux avant d'exploser. Boris, lui, avait des capacités d'endurance au-dessus de la moyenne, mais il s'était quand même rendu trois fois de suite, assez rapidement, à cette succube qui semblait vouloir lui arracher jusqu'à la dernière goutte de liqueur virile.

Déjà, il sentait le plaisir monter de ses reins pour la quatrième fois. Mais ce fut Cécile qui atteignit l'orgasme – son cinquième de la soirée – la première. Secouée de tremblements convulsifs, tête rejetée en arrière, elle poussa une longue plainte douloureuse avant de s'écrouler d'une façon aussi maniérée que son entrée en matière de tout à l'heure… mais plus adroitement calculée : en se retournant de façon à s'abattre, comme une pauvre femelle brisée par le plaisir, sur le torse musclé du mâle qui venait de la posséder.

Corentin n'aurait pas su dire exactement pourquoi, mais son instinct lui soufflait que toute cette affectation ne cadrait pas exactement avec le portrait psychologique qu'il se faisait de la tueuse au foulard.

Néanmoins, ça aurait été dommage, voire antiprofessionnel de sa part, de ne pas profiter des circonstances pour « tâter le terrain ».

– La prochaine fois, si tu veux, fit-il à mi-voix, on essaiera autre chose. Tu connais sûrement d'autres petits jeux auxquels on peut s'amuser à deux ?

Cécile eut un petit rire et un soubresaut :

– Si, bien sûr... celui, par exemple, où c'est toi qui me montes... par-derrière.

– Et tu n'as jamais eu envie d'attacher ton « cheval » pour qu'il soit encore plus à ta merci ? insista Boris.

Elle leva vers lui un sourire étonné :

– Si ça te fait plaisir, je veux bien, dit-elle. Mais franchement, je préfère que mon beau mâle conserve toute liberté de mouvement... Tout le monde y gagne.

Boris laissa passer une minute ou deux et la secoua doucement :

– Hé, princesse ! C'est l'heure de rentrer au château, si tu ne veux pas te faire engueuler par la reine-mère. Moi, j'ai besoin de dormir un peu.

– Mais c'est dimanche, demain, protesta Cécile, on n'enregistre pas.

– Justement, soupira Boris, j'aimerais bien en

profiter pour m'offrir une grasse mat'. Seul, si tu permets.

Il se leva pour l'entraîner vers la porte. Au moment où il allait la refermer, elle la bloqua pour se coller contre lui une dernière fois :

– Tu ne m'oublieras pas ? supplia-t-elle dans un souffle éthéré. Au moment de choisir, dis, tu ne m'oublieras pas ?

– Aucun risque, soupira Boris en lui claquant les fesses… avant de claquer la porte.

En se disant une fois de plus que Régis Fennec avait raison : ces filles, décidément, étaient vraiment prêtes à tout.

Du coup, maintenant, il allait avoir un mal fou à se rendormir.

Il alla chercher son paquet de cigarettes, qui traînait sur sa table de nuit, en alluma une, et se servit un whisky « on the rocks » au minibar. Puis, toujours en peignoir, il sortit sur la terrasse de sa chambre respirer l'air parfumé de la nuit où chantaient les grillons. Histoire de réfléchir à toute cette affaire…

Il était tenté d'éliminer de la liste des suspectes cette Cécile qui venait quasiment de le violer – sans qu'il songe à porter plainte, d'ailleurs. La façon dont elle avait répondu à son petit questionnaire-piège tendait à l'innocenter. Mais rien n'était sûr, dans cette affaire, c'était ce qui la rendait si délicate.

Cécile pouvait être une fofolle maniérée, très chaude et un peu hystérique, sans être dangereuse pour autant.

Ou alors, elle pouvait être une serial-killeuse

psychopathe, aussi froide et redoutable qu'excellente comédienne…

L'ennui, c'est qu'on aurait pu dire à peu près la même chose des onze autres filles. Même si chacune avait son propre style et sa propre personnalité, bien entendu.

Oui, chacune d'entre elles pouvait être la criminelle. Résultat : l'enquête de Boris était toujours au point zéro.

Cela dit, Béatrice, cette bcbg déguisée en fille du peuple, restait numéro un sur la liste des suspectes. Celle-là, il la « travaillerait » en priorité.

Il en était là de ses réflexions quand on frappa de nouveau à sa porte !

Il traversa la chambre pour aller ouvir, furieux et bien décidé, cette fois, à virer manu militari Cécile qui, à n'en pas douter, revenait à la charge.

Il resta figé de stupeur en se trouvant face à face avec le capitaine de police Aimé Brichot, son partenaire et ami à la Mondaine depuis des lustres.

Aimé Brichot, dont le crâne chauve luisait dans la pénombre pendant qu'un petit sourire ironique relevait les coins de sa fine moustache blonde.

– Désolé de te décevoir, vieux frère, dit-il, ce n'est que moi. Je dis ça parce que tu t'attendais sans doute au retour de la ravissante blonde que j'ai croisée au bout du couloir ? Ne me dis pas qu'elle ne sortait pas de chez toi, je ne te croirais pas.

Boris renonça à répondre :

– Entre, Mémé, soupira-t-il. Tu veux boire quelque chose ?

Aimé désigna le verre de Corentin :

– La même chose. En tout cas, tu passes très bien à la télé. Jeannette et les enfants sont devenus tes fans inconditionnels.

– Mais l'émission n'a pas encore été diffusée. On vient à peine d'enregistrer la première...

– Je parle des spots qui vantent tes innombrables qualités physiques, morales, sportives, et ta brillante carrière de jeune chef d'entreprise franco-américain spécialisé dans l'informatique. Franchement, moi aussi, je t'ai trouvé remarquable. Tu aurais peut-être dû faire l'acteur, au lieu d'entrer dans la police.

– Mais je n'aurais pas eu la chance de te connaître, Mémé ! ironisa Boris. Bon, sérieusement, si tu me disais ce que tu fais ici. Tu n'est sûrement pas venu de Paris pour me complimenter sur mes prestations télévisées.

– Ta tueuse au foulard a encore frappé, lâcha abruptement Aimé Brichot.

Boris faillit laisser échapper son verre. Il se laissa tomber sur le lit.

– Quoi ?... Mais quand ? Où ?

– Aujourd'hui même, en début d'après-midi, tout près d'ici : dans une villa des Hauts-de-Cannes. La victime a une quarantaine d'années ; c'est un certain Sergio Silvani, gros importateur de fruits et légumes. Très à l'aise financièrement, célibataire, hétéro et dragueur invétéré.

– Et physiquement, tu vas me dire que c'est mon frère jumeau.

– Oui, mais je lui trouve nettement moins bon genre que toi.

Boris haussa les épaules.

– Dis-donc, enchaîna Brichot, je croyais que les candidates du « Parti en Or » n'avaient pas le droit de quitter leur prison dorée – je parle de cet hôtel – avant la fin du tournage de la dernière des six émissions ?

– Si, fit Boris. Entre la première et la deuxième émission, celles qui voulaient aller se balader ou prendre leur week-end avaient le droit de le faire. À condition de rester dans la région, pour être certaines de ne pas rater l'enregistrement de la deuxième émission, qui a lieu lundi.

Aimé eut un petit sourire espiègle :

– Celle que j'ai croisée tout à l'heure, en tout cas, n'est pas partie en week-end…

– On est samedi soir, fit Corentin avec un geste évasif : elle a très bien pu sortir aujourd'hui, rentrer dormir ici avant de ressortir demain…

– Donc, si ça se trouve, c'est elle la tueuse.

– Mais toutes, Mémé, toutes ! s'énerva Corentin. Elles peuvent toutes l'être ! Aussi bien celles qui restent en lice que celles que j'ai éliminées ! C'est bien ça mon problème ! J'en ai sélectionné moi-même un certain nombre parce qu'elles correspondaient à certains critères de… disons d'origine sociale. Mais ces critères, finalement, sont assez flous. Il y a des filles nées dans les beaux quartiers et qui ont des attitudes populaires, et… inversement.

Il s'administra une nouvelle lampée de whisky pour se calmer :

– En fin de compte, je finis par me demander si on avait raison, au départ, de tenir pour acquis que notre tueuse est un fille bcbg…

Aimé Brichot soupira :

– En tout cas, vous aviez raison de croire qu'elle faisait une fixette sur les types qui te ressemblent physiquement. Ça s'est encore confirmé aujourd'hui. Et tu veux mon avis ?

– Dis toujours.

– Je suis sûr que la tueuse est une des vingt-quatre filles de l'émission. Parce que le spot télévisé, que j'ai vu et revu en famille, était un trop bel appât pour qu'elle y résiste. Je vais même te dire une chose : il se peut que, si psychopathe qu'elle soit, elle n'en demeure pas moins intelligente et qu'elle ait subodoré le piège. Ce qui ne l'a sûrement pas empêchée de s'y jeter. Parce que, tu le sais comme moi, Boris, des personnalités aussi tordues que celles-là ne résistent pas à ce genre de défi.

Corentin vida son verre et réfléchit un instant en silence.

– Ça nous fait quand même vingt quatre suspectes, lâcha-t-il finalement.

– Et alors ? fit Brichot avec un haussement d'épaules, on a connu pire. Je vais te dire ce que je propose. Toi, tu ne peux pas sortir d'ici, sous peine de prendre le risque de griller ta couverture. Rabert, Tardet et moi, on va mobiliser un peu de renfort dans les services et on va vérifier dans un premier temps les identités et les adresses des vingt-quatre filles. Dans la foulée, on vérifiera leur emploi du temps de la journée d'aujourd'hui.

Brichot avait déjà la main sur la poignée de la porte, quand Boris lui lança :

– Et moi, qu'est-ce que je fais ?

– Toi, tu te reposes, fit Aimé avec un clin d'œil. Tu as suffisamment payé de ta personne pour aujourd'hui.

***

Boris fut tiré du sommeil par les cris joyeux de quelques filles, autour de la piscine, et par un rayon de soleil qui s'était posé en plein sur son œil droit. Son premier réflexe fut de regarder sa montre. Il était près de midi. Mais il s'était couché très tard et en outre, il avait eu du mal à trouver le sommeil. Et puis, Brichot l'avait dit lui-même : en attendant de reprendre son enquête, c'est-à-dire son rôle de « Parti en Or », il ne pouvait par intervenir sans risquer de se « griller »…

Le téléphone de sa chambre se mit à sonner et Boris se jeta sur l'appareil, persuadé que c'était Aimé qui venait lui faire son rapport sur l'enquête-éclair du matin.

C'était bien lui.

– Alors ? fit impatiemment Corentin.

– Alors, répondit Aimé d'une voix sombre, impossible de te dire laquelle de tes vingt-quatre prétendantes est la tueuse au foulard Hermès !

– Quoi ? Mais qu'est-ce que vous avez foutu ?…

– Écoute-moi, au lieu de t'énerver, l'interrompit Brichot. On a vérifié tous les emplois du temps des filles depuis vendredi soir jusqu'à hier soir, c'est-à-dire samedi soir. Aussi bien pour les douze sélectionnnées que les douze éliminées. Il y a celles qui sont de la région et qui sont retournées dans leurs familles ; celles qui ont passé la nuit chez une copine habitant également la région ; celles qui sont allées faire du shopping ou se balader dans le pays, mais elles étaient toutes avec une ou plusieurs autres filles, ce qui fait que chacune sert d'alibi aux autres.

– Bon sang ! râla Corentin. C'est pourtant l'une d'elles qui a fait le coup du foulard sur les Hauts-de-Cannes, j'en mettrais ma main à couper ! Et elle n'a pas pu draguer ce type ou se laisser draguer par lui, l'accompagner chez lui, faire l'amour avec lui et l'étrangler, tout ça si elle avait deux ou trois copines avec elle !

Il y eut un silence pensif, que Brichot rompit :

– Peut-être l'une d'elles, à un moment donné, s'est-elle séparée du groupe ?...

– Genre : « Excusez-moi, les filles, je vais étrangler un mec et je reviens tout de suite » ?

– Tu rigoles, s'indigna Aimé, mais il y a peut-être un peu de ça.

Il se racla la gorge, signe qu'il avait quelque chose d'important à dire.

– Vas-y, fit Boris.

– En ce qui concerne les identités et les adresses, poursuivit Brichot, toutes les identités sont bonnes, mais il y a un petit détail qui cloche concernant l'une des filles, et c'est justement celle que tu soupçonnes au premier chef : Béatrice Fontelle.

– Ah ! fit Boris, c'est comme ça qu'elle s'appelle !

– Oui, et c'est son vrai nom, on a vérifié. C'est son adresse qui est bidon.

Boris se redressa d'un coup contre ses oreillers :

– Ah bon ?

– Oui. L'adresse que Béatrice Fontelle a donnée à la production de l'émission est celle d'une résidence, dans le seizième, à Paris, où les appartements meublés se louent au mois, à la semaine, et même à la journée. C'est marrant, non ? Tu veux épater des clients étrangers en te faisant passer pour un riche homme d'affaires parisien, tu loues ça pour une journée, tu convoques un traiteur, tu donnes une soirée fastueuse, et le lendemain… plus personne !

– Oui, bon, d'accord, grogna Boris. Et pour en revenir à Béatrice Fontelle ?…

– Eh bien, enchaîna Aimé, figure-toi qu'elle a loué il y a quelques mois un appartement dans cette résidence, mais sous un faux nom : Amarante de Saint-Prix. Le gardien, à qui on a montré sa photo, l'a reconnue formellement. Elle a gardé l'appart une semaine, puis elle l'a quitté et on ne l'a plus jamais revue.

– Elle a payé sa location ? demanda Boris.

– Oui.

– Dans de cas, il n'y a rien d'illégal à lui reprocher. On ne peut pas l'arrêter pour avoir loué un appart une semaine sous un faux nom.

– Peut-être, admit Brichot. Mais avoue que c'est quand même incroyable que ce soit justement celle que tu soupçonnes, ta suspecte numéro un, qui donne justement une fausse adresse à la production de l'émission. Comme si elle voulait brouiller les pistes.

Corentin laissa un moment son regard errer sur la

mer, qu'il voyait par la fenêtre de sa chambre, avant d'ajouter :

– Ou comme si elle voulait s'assurer qu'une fois l'émission terminée, on ne puisse plus jamais la retrouver…

– Qu'est-ce que tu veux dire par là, Boris ? fit la voix d'Aimé dans l'appareil.

– Tout simplement, Mémé, que si elle avait prévu de faire le coup du foulard à ton serviteur, elle ne s'y prendrait pas autrement.

CHAPITRE 9

Assis au bar flottant de l'immense piscine extérieure de l'hôtel Hasdrubal, Boris avait l'impression d'être un milliardaire en vacances. Un jet privé l'avait conduit, en compagnie de quatre des dernières filles sélectionnées, jusqu'à Tunis, et de là, un hélicoptère les avait emmenés jusqu'au plus grand palace de Hammamet. L'établissement comportait une thalasso, une plage privée, quatre restaurants, dont un au bord de la piscine : un immense bassin terminé par une rangée de sièges immergés, devant un bar qui permettait de boire un verre sans sortir de l'eau.

Un milliardaire en vacances… ou un émir qui aurait payé quatre call-girls de luxe pour passer un week-end très chaud en sa compagnie.

Avec cette petite différence : les trois ou quatre opérateurs, caméra à l'épaule, qui évoluaient discrètement autour de lui.

Boris regarda nager gracieusement Julia, la somptueuse rousse qui, en guise d'entrée en matière, lors de la première émission, s'était ouvertement caressée devant lui en parlant d'amour romantique. Elle portait un minuscule maillot deux-pièces vert pistache qui ne cachait presque rien de ses courbes sensuelles, et se mariait harmonieusement avec sa peau très blanche, parsemée de taches de son.

Dans une série de mouvements soigneusement étudiés, Julia émergea juste devant Boris, et ramena ses longs cheveux roux en arrière, d'un geste de ses bras levés qui lui fit pratiquement jaillir les seins hors du maillot.

– C'est sympa, cet endroit, fit-elle dans un sourire félin, et c'est génial de se retrouver ici avec toi.

– Ouais, absolument, firent en chœur les trois autres filles, déjà assises au bar, de part et d'autre de Boris.

L'une d'elles, Sophie, une brunette pulpeuse aux yeux turquoise, s'appuya sur l'épaule de Corentin et lui murmura dans le cou :

– C'est l'endroit idéal pour apprendre à mieux se connaître, tu ne trouves pas ?

– Absolument, acquiesca Boris, qui pouvait difficilement dire le contraire.

Julia, à voir la manière dont elle le dévorait des yeux, était visiblement du même avis.

Cécile, qui était venue dans sa chambre, deux nuits plus tôt, lui faire une démonstration de « trot enlevé » d'un genre très spécial, semblait plus chaude que jamais et prête à recommencer à tout moment son numéro de cavalière… avec le membre de Boris en guise de monture. Il suffisait de voir comment elle avait bousculé les autres pour être assise à côté de lui, au bar, et comment, depuis, elle ne cessait de coller sa cuisse contre la sienne.

Parmi les quatre filles que Boris avait choisies pour l'accompagner à Hammamet, Sonia était celle qui s'extériorisait le moins. Mais Corentin avait toujours à l'esprit le « flash » qui lui était venu, le premier soir, en voyant descendre de limousine cette grande brune au corps de top model : dans le studio de casting de Régis Fennec, tête rejetée en arrière dans une pose voluptueuse, elle recevait comme une offrande la semence du producteur, qui se déversait à longs jets sur ses lèvres charnues, son petit nez droit et ses yeux charbonneux.

Avec Boris – dont elle ignorait bien sûr qu'il l'avait vue avec Fennec –, Sonia la jouait distante, réservée, presque femme du monde...

C'était justement cet aspect de sa personnalité qui avait retenu l'attention de Boris et qui lui avait valu d'être sélectionnée.

Mais jusqu'à présent, les tentatives qu'il avait faites pour l'interroger discrètement sur ses goûts, ses habitudes, etc. n'avaient donné que des impressions vagues. Sonia, qui se disait assistante pharmaceutique, pouvait aussi bien être une fausse jet setteuse qu'une vraie habituée des campings.

Le problème, avec toutes ces filles – Boris commençait à s'en apercevoir –, c'est que, de même qu'elles étaient prêtes à coucher pour arriver à leurs fins, elles étaient également prêtes à raconter n'importe quel bobard sur elles-mêmes, dans un but identique.

Ce qui, évidemment, ne lui facilitait pas le travail.

Boris et ses quatre accompagnatrices se firent servir un déjeuner tunisien au bord de la piscine du Hasdrubal. Le service était aussi impeccable que la cuisine était délicieuse. La nourriture avait au moins l'avantage de calmer les ardeurs sexuelles des filles. Provisoirement, en tout cas. Boris orienta la conversation sur les hobbies, passe-temps et autres violons d'Ingre de chacune, espérant que l'une ou l'autre se trahirait en révélant un indice compromettant. Mais Sophie évoqua les promenades et les varapes qu'elle faisait – et continuait à faire – avec ses parents en forêt de Fontainebleau ; Julia mentionna les parties de bowling qu'elle faisait régulièrement avec une bande d'amies ; Sonia lui confia qu'elle adorait sortir « en boîte » et « s'éclater » sur de la musique techno… Quant à Cécile, elle parla de sa passion pour l'équitation (ce qui n'étonna pas Boris), en réussissant l'exploit de garder son sérieux et de ne rien laisser soupçonner aux autres de ce qui s'était passé, l'autre nuit, entre elle et le célibataire que toutes convoitaient.

C'était encore elle qui se rapprochait le plus du profil de la tueuse, tel que Boris l'imaginait : bcbg ou d'un milieu relativement aisé, puisqu'elle pratiquait l'équitation, un sport peu fréquent dans les cités et les banlieues ouvrières ; d'un bon niveau d'éducation, avec pas mal de lectures à son actif, comme en témoignaient les références au Moyen-Age et à l'amour courtois dont était truffé son discours enfiévré de l'autre soir…

Et surtout, comme elle l'avait également prouvé l'autre nuit, largement assez folle pour se transformer en une serial-killeuse psychopathe signant ses crimes d'un foulard Hermès.

Parmi celles que Boris surnommait mentalement « les quatre de Hammamet », Cécile était en tête de sa liste de suspectes.

Bien qu'il ne se sente guère d'affinités avec elle, il savait déjà qu'elle aurait droit à un bijou lors de la prochaine distribution, pour lui signifier que, selon la formule, « l'aventure continuait pour elle ».

Mais l'idéal aurait été de pouvoir passer vingt-quatre heures en tête à tête avec chacune, successivement, pour les mettre totalement en confiance et les faire parler. Malheureusement, le règlement du « Parti en Or » ne le prévoyait que vers la fin, quand elles ne seraient plus que quatre en lice…

Une heure plus tard, serrées autour de lui dans le bain à remous de la thalasso du Hasdrubal, Julia, Cécile, Sonia et Sophie se disputaient littéralement sa virilité, en profitant de ce que les remous mousseux du jaccuzzi dissimulaient aux caméras le « quatre mains » très sensuel qu'elles étaient en train d'exécuter.

Boris explosa sous l'eau, avec une force qui l'étonna lui-même, sans savoir exactement laquelle des quatre l'avait fait jouir.

Le lendemain, l'équipe technique et les caméramen – toujours aussi présents – du « Parti en Or » suivirent Boris dans les Alpes, dans la luxueuse station de montagne de Courchevel, où la verdure estivale avait remplacé la neige. Cette fois, il était accompagné de Béatrice, sa principale suspecte, de

Nadia, une belle plante brune plutôt racée qui avait des airs mystérieux, de Lætitia, une blonde aux cheveux courts qui semblait connaître pas mal d'endroits « tendance », et de Samantha, la bombe blonde qui, le premier soir, lui avait fait des propositions tout à fait directes.

Celle-là, apparemment, était une véritable hystérique du sexe. Ce qui ne faisait pas d'elle une criminelle, bien entendu, mais Boris ne pouvait pas s'empêcher de penser qu'une fille hystérique par nature pouvait basculer dans toutes sortes d'hystéries… y compris l'hystérie criminelle.

Faute de mieux, il se raccrochait à ce qu'il pouvait…

À l'altiport de Courchevel, le seul des Alpes à pouvoir accueillir des avions, ils prirent un hélicoptère qui les emmena encore plus haut, jusqu'à la ferme d'altitude d'un éleveur restaurateur spécialisé dans… le bison. Là, Boris et ses quatre compagnes, toujours sous l'œil des caméras, firent le tour des corals et flattèrent l'encolure puissante et velue de bestiaux impressionnants qui évoquaient à la fois la préhistoire et le western.

Ensuite, ils firent un déjeuner où le bison était encore une fois à l'honneur, préparé de toutes sortes de manières étonnantes et délicieuses.

Jetant un œil à la carte et regardant les prix, Béatrice remarqua au passage :

– Ce n'est pas tellement cher, pour ce que c'est.

Boris examina à son tour le menu, plus attentivement qu'il ne l'avait fait au début du repas.

Les tarifs étaient astronomiques !

Soit Béatrice pratiquait un humour à froid très particulier, soit elle avait tellement l'habitude du luxe que des prix comme ceux-là lui paraissaient effectivement raisonnables…

Il repensa à la remarque de Ghislaine la concernant, la première fois qu'ils l'avaient vue, à travers la glace sans tain du studio : « Si cette fille est hôtesse d'accueil à Plaisir-en-Yvelines, moi je suis sœur Emmanuelle ! »

Il est vrai que les hôtesses d'accueil louaient rarement des appartements dans des résidences de grand standing, situées dans les quartiers les plus chers de Paris.

Et sous des faux noms, qui plus est.

Mais par ailleurs… une fille de milieu aisé, sans problème d'argent, vivant dans le luxe, éprouverait-elle le besoin d'être sélectionnée pour un reality-show télévisé, au point de pratiquer, sans même hésiter un instant, une fellation au producteur ?

Comme si sa vie en dépendait ?…

Non, décidément… il y avait quelque chose, chez cette Béatrice, qui ne collait pas.

Ce qui collait, en revanche, c'était la main de Samantha à son entrejambe.

Sous la table, la belle blonde hystéro-nympho n'arrêtait pas de lui malaxer la virilité à travers le pantalon. Avec des résultats visibles, d'ailleurs. Boris dégustait son « marengo de bison à la menthe des alpages » avec une véritable barre dans le fuseau.

Et sous la table… c'était la jambe de Nadia qui s'enroulait autour de la sienne, comme une liane souple et particulièrement préhensile, pendant que la grande brune aux lèvres charnues lui jetait des regards discrètement enamourés.

Quant à Lætitia… placée en face de lui, elle était trop éloignée pour pratiquer un contact direct. Mais sa manière de manger ses « tartines grillées de rillettes de bison chaudes en salade d'edelweiss », tout en se léchant les doigts de manière extrêmement suggestive, valait largement tous les attouchements.

Boris fit des efforts désespérés pour garder la tête froide et fit rouler la conversation sur les vacances, les mondanités, le shopping, les endroits à la mode, bref… les sujets les plus susceptibles de faire se trahir une fille des beaux quartiers voulant faire croire à des origines modestes…

Mais personne ne lâcha la gaffe, ou la petite phrase qui aurait pu mettre la puce à l'oreille d'un chien de chasse au flair aussi développé que Boris.

Pire encore : comme si elles avaient sciemment décidé de tout faire pour brouiller les cartes, les quatre filles se mirent à jouer les habituées de la jet set, lançant à tort et à travers des noms de personnalités ou de lieux en vogue, alors qu'elles ne connaissaient sans doute les unes et les autres que par la lecture des magazines. En voulant se faire mousser aux yeux du « célibataire », elles rendaient la tâche impossible au commandant de police Boris Corentin !

Sans le savoir, évidemment.

L'hélicoptère les ramena jusqu'à la station, où on les installa dans le plus beau palace de Courchevel. L'après-midi se passa à flaner dans les rues de « Courch' », et à faire du shopping dans ses nombreuses galeries marchandes et boutiques de luxe. Le dîner eut lieu autour de l'une des meilleures tables de l'endroit. Cette fois, ce fut Lætitia, placée à côté de lui, qui caressa Boris sous la table pendant presque tout le repas.

Histoire de se détendre un peu avant de s'offrir une nuit réparatrice, Corentin enfila un peignoir et descendit s'offrir une demi-heure de sauna.

Il avait à peine poussé la porte en bois du cube surchauffé que celle-ci se referma derrière lui avec un claquement sec, comme la trappe d'un piège.

Les quatre filles l'attendaient à l'intérieur du sauna.

Avec un ensemble parfait, elles laissèrent tomber leurs serviettes…

Boris se dit qu'il était venu pour avoir chaud… et qu'il allait effectivement avoir chaud.

Très chaud, même.

Deux jours plus tard, Corentin naviguait… en plein Paris, sur la Seine, à bord d'un bateau-mouche aménagé en appartement de luxe avec terrasse. L'intérieur comportait des salons et des chambres au confort digne des plus grands palaces. L'un de ces salons débouchait sur le pont supérieur, transformé en terrasse entourée de végétation, avec une table où cinq couverts étaient dressés pour un dîner aux chandelles.

Un peu en retrait, à moitié couvert par une sorte d'auvent, l'inévitable jaccuzzi attendait le bon vouloir du « Parti en Or » et de ses quatre invitées.

Cette fois-ci, Boris était entouré d'Agnès, la jolie

brune futée avec laquelle, dès le premier soir, il avait tout de suite établi une sorte de complicité. Il y avait aussi Marie-Ange, une superbe Guadeloupéenne que Boris avait un peu de mal à imaginer en sérial-killeuse, mais qu'il avait retenue quand même, par attirance personnelle, il fallait bien l'avouer. La troisième était Inès, une belle brune très mince à la peau sombre, qui avait des origines espagnoles. La dernière s'appelait Patricia. Elle était brune, avec des formes à faire éclater sa robe du soir ultra-sexy, moulante comme une seconde peau, sous laquelle se dessinaient la rondeur de ses seins et le sillon de sa croupe. Boris l'avait retenue parce que, lors de leur tout premier tête à tête, elle avait mentionné un séjour aux États-Unis.

Même si beaucoup de gens y allaient, de nos jours, cela pouvait quand même signifier une certaine aisance, voire l'appartenance à un certain millieu…

En tout cas, ce soir, à la table du « Parti en Or », il n'y avait que des brunes.

– On a un peu l'impression d'être des touristes, vous ne trouvez pas ? suggéra Boris en désignant la cathédrale Notre-Dame, qui défilait sous leurs yeux, dans la lumière des projecteurs du bateau.

– Moi, des touristes, j'en ai vu toute ma vie, dit Marie-Ange, la sculpturale Guadeloupéenne. Chez moi, ils font partie du paysage.

– À Paris aussi, reprit Agnès. La différence, c'est que chez toi, ce sont les Français, les touristes.

– Moi, enchaîna Inès, c'est peut-être à cause de mes origines espagnoles, mais j'ai toujours un peu l'impression d'être une touriste, quel que soit le pays où je me trouve.

– Tu voyages beaucoup ? demanda Boris.

– Pendant les vacances, oui, fit Agnès. Ce qu'il y a de bien, avec mon boulot d'attachée commerciale, c'est que les vacances, j'arrive à les prendre à n'importe quel moment de l'année.

Patricia reposa la flûte de champagne qu'elle venait de vider. Et pas pour la première fois. Du coup, elle commençait nettement à se « lâcher ».

– Moi, ce qui m'excite, fit-elle avec un regard très appuyé à Boris, ce sont les petits jeux sexuels qui varient d'un pays à l'autre. Par exemple, l'autre jour, dans ma chambre du Régency, avec une dizaine de filles, on a fait une partie de « Twister ». Un truc américain vachement excitant ! Tu veux que je t'explique le principe ?

– Pourquoi pas ? sourit Corentin.

Elle le lui expliqua, avec une abondance de détails sur les possibilités érotiques de ce jeu, surtout avec des participants des deux sexes.

Les trois autres filles, à qui le champagne commençait également à faire de l'effet, émirent des gloussements d'adolescentes en chaleur.

– Ça a l'air amusant comme tout, en effet, dit Boris. Mais je nous vois mal y jouer ici, sur le pont d'un bateau, en plein Paris. Vous imaginez le spectacle, pour les gens qui nous verraient passer ?

Trois filles éclatèrent de rire. La quatrième, Patricia, fixa sur Boris un regard lourdement suggestif.

– De toute façon, dit-elle, il faut un tapis spécial et je ne l'ai pas apporté avec moi. Mais j'ai apporté plein d'autres trucs, que j'ai très envie de te montrer…

– Ah bon, fit Boris, intéressé, et tu les a mis où ?

Patricia fit un signe en direction de l'intérieur du bateau.

– Là-dedans, dit-elle.

Elle se leva et prit Boris par la main :

– Viens. Je t'enlève cinq minutes aux autres. Je vous le rends tout à l'heure, les filles !

Sans prêter attention aux regards furieux des trois autres, Patricia entraîna Boris à l'intérieur du bateau, lui fit traverser le salon et le poussa littéralement dans une grande chambre, aussi confortable qu'une suite de palace. Boris se laissa tomber sur le lit.

– Alors, dit-il, c'est quoi, tous ces trucs que tu voulais me montrer ?

Il avait deviné la réponse depuis le début et ne fut pas réellement surpris quand Patricia se mit à onduler devant lui, en faisant glisser sensuellement ses mains le long de son corps tout en courbes voluptueuses.

– Tout est là-dedans, dit-elle, dans ce joli emballage cadeau.

Elle fit un geste et, par une sorte de tour de magie que Boris n'eut pas le temps de comprendre, sa robe moulante disparut en un clin d'œil.

En dessous, elle ne portait que les globes charnus et fièrement dressés de ses seins lourds, aux pointes arrogantes, et le buisson ardent, noir et luxuriant, qui s'épanouissait au bas de son ventre.

Cette vision fit à Corentin l'effet d'un électrochoc,

auquel sa virilité réagit instantanément en s'érigeant à toute vitesse.

Patricia le constata d'un regard. Comme si elle avait été privée de sexe depuis des années, elle se rua sur Boris et lui arracha littéralement son pantalon. Puis, avant qu'il ait eu le temps de prendre la moindre initiative, elle l'enfourcha et s'empala avidement sur le morceau d'homme qui s'offrait à sa convoitise.

Tête rejetée en arrière, poussant des râles de plaisir au rythme de sa chevauchée effrénée, Patricia ne vit pas, quelques minutes plus tard, s'ouvrir la porte de la cabine… sur Marie-Ange, Inès et Agnès.

Les trois filles, verre de champagne en main, se glissèrent silencieusement dans la pièce et, à leur tour, se débarrassèrent de leur robe du soir.

Ce qui permit à Boris de constater qu'elles non plus, ne portaient rien en dessous.

Il leur adressa une interrogation muette qui signifiait quelque chose comme : « Qu'est-ce que vous faites là ? »

– On attend notre tour, tiens ! répondit sans complexe Agnès.

Et les trois filles montrèrent à Boris le numéro d'ordre qu'elles avaient chacune noté sur un bout de papier.

Donnant tout son sens à l'expression : « Faire la queue ».

CHAPITRE 10

Boris éprouvait une sensation étrange en se regardant lui-même à la télé. Ou en tout cas sur un écran de télévision. Celui qui trônait dans le salon de la villa tropézienne de Régis Fennec servait en l'occurrence de « moniteur », pour un visionnage privé de la dernière émission du « Parti en Or ». Cette émission, qu'aucun téléspectateur n'avait encore vue, était celle dont le tournage s'était achevé la veille, avec la grande « cérémonie » de la remise des bijoux-symboles par Boris aux six filles censées être les élues de son cœur.

Cécile, Julia, Béatrice, Nadia, Agnès, et Marie-Ange.

Vautré en pantalon de lin, tee-shirt et mocassins Weston, dans un fauteuil en osier, Régis Fennec eut un rire acide en regardant Boris remettre avec gravité un bijou à Marie-Ange, la belle Guadeloupéenne.

– Ne me dis pas que celle-là, tu l'imagines une seconde en serial-killeuse au foulard Hermès ! fit-il. Les seuls foulards qu'elle connaisse, c'est ceux que les doudous de son patelin s'attachent autour de la tête pour aller vendre des bananes au marché. Avoue que t'avais juste envie de baiser une belle négresse. Je te comprends, d'ailleurs. Je crois qu'au prochain week-end, je vais me la faire aussi, cette pute.

Boris, installé dans le fauteuil voisin, se pencha vers le producteur et l'empoigna par le tee-shirt.

– Il y a deux genres de blaireaux que je déteste, grinça-t-il : ceux qui tiennent des propos racistes, et ceux qui me tutoient sans autorisation. Alors les deux en un… ça me met franchement de mauvaise humeur.

Le sourire de Fennec s'était effacé comme de la craie sous un coup d'éponge. Celui d'Aimé Brichot, en revanche, faisait friser son regard bleu et rebiquer sa petite moustache. Quant à Alexia Cuques, elle était prise d'un début de panique :

– Allez, allez, les garçons, fit-elle, vous n'allez quand même pas vous battre pour des points de vocabulaire !

Boris, désarmé par sa manière de réduire l'attitude de Fennec à des « points de vocabulaire », ne put s'empêcher de sourire. Il relâcha l'animateur et se détendit.

– Sérieusement, fit Aimé Brichot, pourquoi est-ce que tu l'as choisie, celle-là ? Tu penses vraiment qu'elle puisse être notre tueuse ?

Boris haussa les épaules.

– Je suppose qu'il y avait un peu de vrai dans ce que disait à l'instant monsieur Fennec… même si sa manière de le dire m'a souverainement déplu.

– Vous entendez par là, intervint Alexia Cuques,

que vous n'avez choisi Marie-Ange que pour des raisons personnelles ? En clair, parce que vous la trouvez mignonne et sexy ?

– Pourquoi pas ? fit Boris. De toute façon, il n'y en avait que quatre que j'avais des raisons… professionnelles de choisir. Je veux dire des raisons liées à l'enquête. Et il fallait en choisir six. Alors… pourquoi pas Marie-Ange ?

Alexia Cuques, qui était installée dans un profond canapé entre Boris et l'écran de télé, croisa les jambes en alllumant une cigarette. Dans le mouvement, la jupe de son tailleur blanc d'été se releva très haut, révélant qu'elle ne portait pas de culotte et offrant à Boris une vision rapide de sa foisonnante toison intime.

Une version brune de la fameuse scène de Sharon Stone dans « Basic Instinct », en quelque sorte.

– Personne ne vous reproche ce choix, dit-elle, il faut juste que vous sachiez une chose : à la prochaine émission, Marie-Ange sera éliminée.

– Ah bon ? fit Boris. Et pourquoi ça ?

– D'abord, parce que vous devrez choisir quatre filles sur les six qui restent et que vous n'allez pas choisir une fille que vous ne soupçonnez pas réellement d'être celle que vous cherchez. Votre présence parmi nous n'aurait plus aucun sens. Ensuite, parce que cette fille est noire, comme ça ne vous aura pas échappé.

Boris ouvrit des yeux ronds :

– Vous avez quelque chose contre ?

– Moi ? Rien du tout, personnellement, fit Alexia. Mais la France profonde, oui. Nous sommes une grande chaîne populaire et pour l'immense majorité de nos téléspectateurs, il serait inadmissible que vous, un Blanc, finissiez avec une Noire…

– D'ailleurs, si vous étiez noir, le contraire serait vrai aussi, intervint Régis Fennec. Regardez la version américaine de l'émission, qui est la version originale. Quand le célibataire est blanc, il y a toujours deux ou trois types ethniques, chez les filles. Une black, une asiatique, une mélangée… Et elles virent toujours aux alentours de la trois ou quatrième émission : suffisamment tard pour qu'on ne se fasse pas accuser de racisme ; suffisamment tôt pour ne pas se mettre à dos l'Amérique profonde, qui ne supporte pas l'interracialité. Et les Noirs sont encore pires que les Blancs, dans ce domaine !…

Corentin réfléchit trente secondes en allumant une gitane légère.

– Vous voulez dire que ce n'est pas vraiment le candidat qui décide ?

Fennec et Alexia éclatèrent de rire.

– Et puis quoi encore, s'écria Fennec. Vous voulez que je leur donne ma place, pendant qu'on y est ?

– Et pour cette histoire de races, insista Boris… vous n'avez jamais eu envie d'essayer de contribuer, même modestement, à changer les choses ?…

– On n'est pas là pour faire avancer le monde, répliqua sèchement Fennec, on est là pour faire du pognon !

Un ange passa, un portait de Martin Luther King sur une aile, un portrait de Nelson Mandela sur l'autre…

– Si on revenait à ce pour quoi nous sommes tous là aujourd'hui, Boris, fit Aimé Brichot sur un ton conciliant. Il désigna l'écran où un Boris en costume sombre, dans le grand salon de la villa de Menton, remettait un petit bijou en or dans son écrin à une Marie-Ange en robe du soir ultrasexy. Laquelle l'acceptait avec une émotion visible.

– Je crois qu'il n'y a pas à revenir sur les raisons pour lesquelles tu as choisi cette jeune fille, Boris, fit Brichot avec un petit sourire, elles sont suffisamment claires pour tout le monde… Et de toute évidence, ce qu'elle t'inspire est largement réciproque.

Le réalisateur fit une série de gros plans sur les six filles, posées comme des ornements précieux ou des geishas de luxe, dans le salon de la villa. Toutes, à l'exception de Marie-Ange, qui venait de se rasseoir avec son bijou et arborait une mine extatique, avaient le visage grave et le regard inquiet. À croire que les noms que Boris allait prononcer étaient des condamnations à vivre… ou à mourir.

Mais c'était vrai que pour la plupart de ces filles, devenir l'élue du « Parti en Or » était une question de vie ou de mort.

Sauf pour une : celle à propos de qui, justement, la question de vie ou de mort ne se posait que pour ses partenaires sexuels…

Béatrice eut un sourire de triomphe quand Boris prononça son prénom, et s'avança jusqu'à lui comme la lauréate d'un Oscar venant recevoir son trophée.

– Si j'ai bien compris, fit Alexia Cuques, c'est elle, votre suspecte numéro un.

– Oui, répondit Corentin. Pour les raisons que je vous ai dites : ses goûts, ses habitudes, ses moyens financiers, etc. qui ne cadrent pas avec le CV qu'elle nous a donné. Ensuite, bien sûr, cette fausse adresse qu'elle a laissée, comme quelqu'un qui a quelque chose à cacher ou qui veut pouvoir disparaître sans laisser de traces… Et puis ça.

– Quoi ? firent ensemble Aimé, Alexia et Fennec.

Boris s'empara de la télécommande et fit remonter le DVD jusqu'au moment où, dans l'émission, il annonçait à Béatrice qu'elle faisait partie des sélectionnées.

– Regardez-la, dit-il… Elle est contente, oui, bien sûr, mais pas comme les autres. Ce n'est pas du bonheur qu'on lit sur son visage, mais de la fierté. En d'autres termes, ce n'est pas le prince charmant qu'elle vient de décrocher, mais une victoire… ou un prix.

Brichot tourna vers lui des yeux arrondis, derrière ses lunettes de myope léger :

– Je ne suis pas sûr de te suivre complètement, Boris…

– C'est très simple, vieux frère, rigola Corentin : cette fille n'est pas une sentimentale : elle n'est pas émue ; juste satisfaite d'avoir passé un tour.

Régis Fennec tourna vers Boris une expression ironique :

– Vous voulez dire que cette fille… n'est pas folle de vous ? Je n'arrive pas à y croire !

– Qu'est-ce que vous voulez, fit Boris, jouant le jeu de l'humour… ça arrive.

Sur l'écran, Boris appelait maintenant Agnès, pour lui remettre son bijou. La jolie brune jaillit de son canapé et courut presque vers lui.

– Celle-là, dis-donc, rigola Aimé, elle a l'air sous ton charme, au contraire de la précédente. Et de ton côté ?… Attirance personnelle ou suspicion policière ?

Corentin eut une moue incertaine et secoua la tête.

– Les deux, finit-il par lâcher.

– Ah bon ? s'étonna Alexia Cuques.

Qui, sans se laisser décourager par la concurrence, refit à Boris le coup du croisement de jambes et de la vue plongeante sur sa féminité.

– Oui, fit Corentin. Cette Agnès est de loin la plus futée de toute la bande. À mon avis, elle a un QI au-dessus de la moyenne. Elle est non seulement jolie, avec un corps superbe, mais en plus, elle est bourrée d'humour.

– Bref, fit Alexia, un peu agaçée, la partenaire idéale pour les vacances… À moins que vous ne comptiez la demander en mariage à la fin de l'émission ? Je vous rappelle au passage que vous êtes censé en choisir une.

– Ce sera peut-être celle-là.

– Sérieusement, intervint Brichot, tu penses qu'elle pourrait être la meurtrière ?

Boris agita sa cigarette d'un geste évasif :

– C'est possible, vieux frère… Son côté sympa me donne envie de la croire innocente. Mais c'est une fille intelligente, et pour commettre huit meurtres en échappant à la police, il faut être sacrément intelligent…

Il exhala un nuage de fumée bleutée avant d'ajouter pensivement :

– Tout ça, évidemment, ce ne sont que des idées en l'air…

Quand on visionna la remise de bijou par Boris à Cécile, il y eut un silence gêné de la part du « Parti en Or », alias commandant Corentin.

– Eh bien, fit Régis Fennec, et pour celle-là, quels sont les éléments qui ont guidé votre choix ?

Dans un flash rapide, Boris revit la croupe charnue de Cécile, montant et descendant le long de sa virilité dans sa chambre de l'hôtel Régency, sous la lumière pâle de la lune, pendant que sa « cavalière » lui débitait des fadaises érotiques inspirées de l'amour courtois.

Il prit un air inspiré, presque préoccupé, pour confier :

– J'ai eu l'occasion d'avoir une conversation assez… personnelle avec elle. Elle a le genre de culture classique, bcbg, un peu vieille France, même, qui correspondrait assez au profil de la tueuse.

Régis Fennec hocha ostensiblement la tête :

– C'est quand même un peu léger, comme éléments, pour accuser quelqu'un de meurtre, vous ne trouvez pas ?

– Je n'accuse personne ! s'énerva Boris. Et pour ce qui est d'être léger, c'est vrai, c'est très léger. Mais faute de preuves solides, j'en suis réduit à fonctionner à l'instinct, à l'intuition.

Il se tourna vers Alexia Cuques :

– Je dirai même au sixième sens.

La co-productrice eut un sourire ironique :

– Je croyais que c'était l'apanage des femmes, le sixième sens ?

– Si vous connaissiez Boris, vous sauriez que non, intervint Brichot.

Estomaquée, Alexia Cuques le regarda sans rien trouver à répondre.

– Et Nadia ? interrogea Régis Fennec en voyant la brune à la fois longiligne et pulpeuse venir recevoir son bijou des mains de Boris.

Celui-ci écrasa sa cigarette dans un énorme cendrier en cristal :

– Difficile à dire… Élégante, ce qui suggère une bonne éducation et un bon milieu… Mystérieuse, discrète sur elle-même, ne se confiant pas beaucoup, ce qui peut vouloir dire…

– Qu'elle a quelque chose à cacher ? intervint Aimé.

– Ce qui peut vouloir dire… beaucoup de choses, termina Boris. Là aussi, c'est juste mon instinct…

Il jeta un coup d'œil à Alexia :

– … ou mon sixième sens, si tu préfères, qui m'avertit de quelque chose, mais sans me préciser quoi.

Régis Fennec soupira ostensiblement en désignant l'écran d'un geste fataliste :

– Et celle-là, pour finir : Julia, la belle rousse ?… Vous la visualisez bien en train d'étrangler un mec avec un foulard Hermès, elle aussi ?

Corentin lui adressa un sourire en coin :

– Pourquoi pas ? Une grande fille sportive et

costaude comme elle... Je pense qu'elle en est capable, oui, même si elle n'est pas en tête de ma liste de suspectes.

Il alluma une autre gitane blonde avant de lâcher avec un petit rire :

– Pour tout vous dire, Julia, je l'ai choisie pour les mêmes raisons que Marie-Ange : avant tout parce qu'elle m'excite.

Il y eut un assez long silence. La dernière remarque de Boris avait jeté un froid. Aimé Brichot, qui le connaissait assez pour savoir qu'il aimait faire de la « provoc » de temps en temps, toussotta bruyamment, histoire de dissiper le malaise.

– Bien, fit-il... si on faisait un petit point de la situation ? En fait, elle est très simple : les candidates n'ont pas eu de nouvelle « permission » depuis le premier week-end, et comme par hasard, il n'y a pas eu de nouveau meurtre. Ce qui me laisse à penser trois choses : un, que notre serial-killeuse au foulard Hermès se trouve bien parmi les filles encore en lice. Deux : que l'instinct de Boris, par conséquent, ne donne pas de si mauvais résultats. Trois : que jusqu'à preuve du contraire, on n'a pas totalement perdu notre temps en montant toute cette opération.

Aimé se tourna successivement vers Alexia Cuques et Régis Fennec en demandant :

– Qu'est-ce que vous en dites ?

– Qu'on sera heureux et fiers d'avoir collaboré avec des as de la Mondaine comme vous deux, soupira le producteur, si vous chopez votre tueuse. Mais que si on fait péter l'audimat, on sera encore beaucoup plus heureux.

Boris et Aimé échangèrent un regard fataliste.

– Qu'est-ce que tu veux, Mémé, fit Boris… chacun ses priorités.

CHAPITRE 11

Pendant un court instant, Boris eut la certitude d'être l'homme le plus chanceux du monde. Lequel de ses congénères, en effet, n'aurait pas donné tout ce qu'il avait pour être à sa place à cet instant ?

Couché sur le sable fin d'une crique déserte, quelque part dans les îles grecques, un panier de pique-nique et une bouteille de champagne au frais dans un seau à glace à côté de lui, Boris admirait le spectacle de ses deux naïades personnelles en train d'émerger des flots turquoises.

L'une, Marie-Ange, avait la peau sombre. L'autre, Béatrice, avait la peau claire. Toutes les deux étaient brunes, avec des corps de déesse, révélés de manière presque obscène par les minuscules pièces de tissu qui leur servaient de maillot de bain. Détail que Boris trouvait amusant : celui de la Noire était noir, celui de la Blanche était blanc.

Avec un ensemble digne des ballets aquatiques de la grande époque hollywoodienne, les deux filles vinrent s'abattre de part et d'autre de Boris, en prenant des poses lascives soigneusement étudiées. Le soleil méditerranéen chauffait leur peau, à travers les gouttelettes d'eau salée qui faisaient un effet loupe. Boris, sans les toucher, pouvait pratiquement sentir la chaleur de ces deux corps sensuellement offerts, et qui ne demandaient qu'à s'abandonner totalement.

Sans pouvoir le faire dans l'immédiat, hélas, à cause des éternels caméramen, qui évoluaient à quelques mètres. À intervalles réguliers, la silhouette curieuse d'un homme en maillot de bain, caméra à l'épaule, traversait le champ de vision de Corentin.

Béatrice d'un côté, Marie-Ange de l'autre, les deux filles se collaient à Boris autant que la décence télévisuelle pouvait le permettre. Et Corentin devait faire des efforts surhumains pour limiter les effets d'une excitation par trop visible à travers son maillot de bain.

La conversation, comme le voulait d'ailleurs le principe de l'émission, devenait un peu plus personnelle, voire intime, à chaque épisode.

Et les effets conjugués du soleil et du champagne aidant... Béatrice et Marie-Ange commençaient à se « lâcher » sérieusement.

– Ce que je regarde en premier, chez un homme ? fit Marie-Ange en réponse à une question de Boris... les yeux. Tout son caractère est dans son regard. Dans ses yeux, on voit s'il est sincère, s'il est solide et droit...

Béatrice pouffa :

– Solide et droit ? C'est ça que tu vois dans ses yeux ? À mon avis, c'est peut-être solide et droit, et même dur et épais, mais ce n'est pas dans ses yeux que ça se trouve !

– Espèce d'obsédée ! fit la Guadeloupéenne avec une agressivité feinte.

– Tu peux parler ! répondit Béatrice.

– Et toi, enchaîna Boris à l'adresse de cette dernière, qu'est-ce que tu regardes en premier, chez un homme

Béatrice prit un air pensif.

– J'ai une amie lesbienne qui, à cette question, répond toujours : « Sa femme ».

– Je ne pense pas que ce soit ton cas. Alors ?...

– Sa voiture ? Son appartement ? La marque de ses costumes ?...

Béatrice rit ostensiblement pour bien montrer qu'elle plaisantait. Mais quelque chose fit « Tilt » dans l'esprit de Boris.

Sans prendre le temps de réfléchir et voulant faire de l'humour, Béatrice avait fait une réponse révélatrice.

D'abord le fait de plaisanter, c'est-à-dire, une fois encore, de se dissimuler derrière une boutade. Une manière significative de refuser de se révéler...

Alors que le principe même de l'émission voulait, au contraire, que les candidates se révèlent, se confient, se livrent un peu plus au « célibataire », à mesure que la série se déroulait.

En l'occurrence, certaines, parmi les autres filles, n'avaient pas craint de faire à Boris les confidences les plus intimes... et les plus chaudes. Et ce, dès la première émission.

Et puis, il y avait les exemples que Béatrice venait

de choisir. Les premiers qui lui étaient venus, en parlant d'une rencontre masculine.

« Sa voiture, son appartement, la marque de ses costumes... »

Ce qui rappelait irrésistiblement à Boris ce que Francis Lejeune lui avait raconté à propos des meurtres.

À savoir que, dans la plupart des cas, la tueuse s'était probablement fait conduire par sa victime, dans la voiture de sa victime, jusqu'à l'appartement de sa victime.

Quant aux « costumes »... On pouvait très bien imaginer, par exemple, que la serial-killeuse rencontrait ses proies dans des magasins de vêtements chic, tout simplement, pendant qu'ils y faisaient leurs emplettes.

Après tout, c'était un bon moyen de jauger leurs goûts, leur milieu social, leur aisance financière... même si l'argent n'était jamais le mobile des meurtres. On avait souvent retrouvé des sommes importantes, en liquide, chez les victimes. La tueuse n'avait jamais rien volé.

Curieux, décidément, cette fille qui choisissait systématiquement ses victimes parmi les hommes riches, mais qui ne leur prenait jamais rien.

Sauf la vie, bien entendu.

– Et à part ça ? insista Boris en fixant Béatrice au fond des yeux, comme pour lui arracher son secret.

– À part ça, quoi ? reprit la jeune femme en soutenant son regard, mais sans trahir quoi que ce soit.

– Tu en as connu beaucoup, des garçons ?

La belle brune eut un sourire énigmatique :

– Sûrement moins que tu n'as connu de filles, dit-elle.

– Mais, insista Boris, belle comme tu es, tu dois te faire draguer sans arrêt… à Plaisir ?

Là, pour la première fois, un « blanc » traversa le regard de Béatrice. Qui, visiblement, chercha pendant une seconde ou deux à comprendre le sens de ce que Boris venait de dire.

Et qui sembla, au bout de ce temps très court – mais suffisamment long pour la trahir – se rappeler qu'elle était censée être hôtesse d'accueil à Plaisir-en-Yvelines.

– Oh, fit-elle en retrouvant d'un seul coup sa contenance… Oui, ça m'arrive. Mais de là à répondre à toutes les sollicitations…

Boris poussa un cri et bondit littéralement sur sa serviette.

Marie-Ange venait de lui jeter dans le dos le contenu de son verre de champagne glacé.

– Mais… tu es folle ! fit-il. Qu'est-ce qui t'arrive !

La ravissante Guadeloupéenne avait les larmes aux yeux et une expression de bête blessée.

– Je vais t'étrangler, espèce de salaud ! minauda-t-elle en en « rajoutant » un peu dans la dramatisation.

Ce qui ne l'empêchait pas d'être sincèrement – et sérieusement – contrariée.

Joignant le geste à la parole, elle se jeta, toutes griffes dehors, sur Corentin, et referma ses doigts autour de son cou.

Boris n'eut aucun mal à lui faire lâcher prise, mais

ce mot – « étrangler » – et ce geste, totalement inattendu de la part de cette fille qui était la dernière qu'il soupçonnait !...

Il était sous le choc.

– On peut savoir ce qui te prend ? fit-il, furieux.

– Ce qui me prend, fit Marie-Ange en ravalant ses larmes, c'est que tu ne t'occupes que de Béatrice ! Tu me tournes le dos, en plus ! Et moi, alors, je compte pour du beurre ?

***

Boris n'arrivait pas à regarder le paysage camarguais, pourtant magnifique, qui s'étendait à perte de vue, tant il était fasciné par les deux cavalières qui galopaient devant lui.

Julia, la somptueuse rousse dont le corps athlétique évoquait un top-model des stades.

Et Cécile, la brunette charnue aux seins généreux et à la croupe qui semblait montée sur roulement à billes.

Les deux filles, le haut du corps moulé dans des maillots de sport plus étroits que des combinaisons de plongée, les fesses prises dans des « jodhpurs » d'équitation prolongés de bottes de cuir, galopaient comme les fameux « gardians ». Ou les cowboys. C'est-à-dire assises, se laissant emporter par la course de leur monture.

Chevauchant quelques mètres derrière elles, Boris prenait dans la figure les paquets de sable et d'eau salée projetés par les sabots de leurs chevaux... Mais prenait surtout un des plus beaux « jetons » de sa carrière d'amoureux du corps féminin, à fixer les fesses des deux filles en train de rebondir en cadence sur le cuir de leur selle.

À chaque impact, les quatre demi-sphères charnues, à peine contenues par le stretch des pantalons équestres, s'aplatissaient et s'élargissaient contre la surface du cuir comme deux ballons de basket rebondissant au sol. Puis reprenaient leur forme ronde et pleine pour s'élever à nouveau, quand le galop des chevaux soulevait les cavalières.

C'était à croire que ces deux paires de fesses étaient vivantes ; indépendantes du reste du corps de leur propriétaire...

Comme deux espèces de plantes sans pot, de créatures gélatineuses, créées dans le seul et unique but d'avaler des membres masculins, de les traire, de les pomper, de les forcer à rendre jusqu'à leur dernière goutte de semence...

Boris voyait presque, tant les « jodhpurs » des filles étaient serrés, l'entrée délicate de leur corolle intime.

À moins que ce ne soit son imagination surexcitée, qui lui jouait des tours...

Son imagination, en tout cas, n'avait pas à faire un grand effort pour ce qui était des fesses de Cécile. Sa mémoire suffisait à les lui restituer, montant et descendant autour de lui, dans ce fameux clair de lune tombant de la fenêtre de sa chambre d'hôtel...

Celles de Julia, pourtant, étaient presque plus excitantes, vues dans cette perspective. Peut-être parce qu'elles étaient légèrement plus pleines que celles de Cécile. Ce qui donnait encore plus envie de les prendre à pleine main, à pleine bouche… et surtout de s'y plonger de toute la longueur de sa virilité, de s'y engloutir entièrement.

Boris laissa les deux filles le précéder jusqu'aux écuries qui jouxtaient le somptueux hôtel-résidence où la production du « Parti en Or » les invitait tous les trois pour le week-end.

Devant les caméras, Boris, Cécile et Julia, presque autant en sueur que leurs chevaux, « bouchonnèrent » ceux-ci énergiquement avant d'enlever leurs selles et de les ramener par la bride jusqu'à leurs boxes respectifs.

– Je savais déjà que Cécile était une cavalière émérite, fit Boris en évitant de la regarder dans les yeux pour ne pas pouffer, mais Julia, dis donc… je suis impressionné ! Tu as commencé quand à pratiquer l'équitation ?

– Toute petite, répliqua la superbe rousse. Ma mère montait déjà à cheval. Je la trouvais très belle quand elle s'habillait pour ça. Elle portait un jodhpur du même genre que celui-là (elle se claqua les fesses au passage) et un foulard Hermès pour tenir ses cheveux.

Boris se figea. Julia eut un rire insouciant.

– Ça doit être pour ça que j'en ai toute une collection, ajouta-t-elle : ma mère a dû me refiler le virus. La différence, c'est que moi, je ne les mets jamais. À se demander pourquoi je les achète !

Boris la fixa comme si elle venait de se transformer en méduse.

Il en avait une petite idée, lui, de pourquoi elle les achetait.

***

Agnès avait une façon de se balader devant Buckingham palace, les mains dans les poches, en ondulant du bassin pendant qu'elle marchait, qui avait quelque chose de la « titi parigote » venue narguer la monarchie sous le nez. Boris la suivait des yeux avec un mélange de désir et d'amusement.

– Et c'est bien, « attachée commerciale », comme métier ? lança-t-il comme s'il disait la première chose qui lui passait par la tête.

Depuis que ce « jeu » étrange avait commencé, depuis qu'il passait ses jours – et parfois ses nuits – auprès de créatures de rêve à qui, sous prétexte de conter fleurette, il cherchait à tirer les vers du nez, Boris avait l'impression d'être devenu un de ces flics de séries TV américaines, dont la rengaine favorite est : « Tout ce que vous direz à partir de maintenant pourra être retenu contre vous ».

Et au fond de lui, il ne se sentait pas plus fier que ça du rôle qu'il avait accepté de jouer.

Même si c'était pour la bonne cause.

Mais ce rôle, il s'était engagé à le jouer jusqu'au bout, et c'était un peu tard pour avoir des états d'âme.

– Ça dépend des jours, répondit Agnès. Il y a des matins où je donnerais n'importe quoi pour rester au lit. Et puis, quelquefois, on fait des rencontres intéressantes…

Boris dressa l'oreille – au sens figuré – au mot « rencontre ».

– Quel genre de rencontres ? demanda-t-il.

Agnès se tourna vers lui avec un rire léger, qui dévoilà sa dentition éclatante.

– Tu ne vas quand même pas être jaloux, non ? Pas déjà ? Est-ce que je te demande, moi, combien un jeune et beau pdg plein de fric peut séduire de filles dans une seule année ? Non. Parce que je m'en fous, parce que ça ne me regarde pas, et parce que je le sais.

– Ah oui ? fit Boris. Combien ?

Elle l'attrapa par la nuque et lui posa un baiser sur les lèvres.

– Beaucoup, dit-elle. Surtout aux États-Unis, où elles sont toutes comme des malades à essayer de se caser. Là-bas, il y a deux fois plus de filles célibataires que de mecs disponibles. C'est bien connu : les mecs bien sont déjà mariés… ou gay.

Une heure plus tard, après s'être promenés autour de Buckingham, dans Hyde Park et avoir fait les boutiques de Old Bond Street, Boris et Agnès retrouvèrent Nadia dans l'un des restaurants les plus « hype » du nouveau quartier de la « branchitude » londonienne : celui des anciens docks.

Normalement, le principe du jeu voulait qu'à ce stade, Boris et les deux filles qui l'accompagnaient à chaque voyage ne se quittent pas et fassent tout ensemble (la production ne se doutait pas à quel point il avait obéi, jusque-là). Mais Nadia avait « corrompu » Agnès en la convainquant de faire une petite entorse au règlement :

Elle les laissait en tête à tête, Boris et elle, pendant toute la matinée, et en échange, après le déjeuner,

Agnès s'effacerait et Nadia aurait Boris toute l'après-midi pour elle toute seule.

Le restaurant avait une superbe terrasse surplombant la Tamise. Depuis leur table, Boris, Nadia et Agnès apercevaient d'un côté la cathédrale Westminster, l'horloge de « Big Ben » et le Parlement, de l'autre la forteresse de la Tour de Londres.

Où bien des gens avaient été décapités… ou étranglés.

Mais pas avec des foulards en soie.

Après le café, Agnès s'éclipsa comme convenu et Nadia poussa Boris dans le premier taxi.

– Qu'est-ce qu'on fait ? s'étonna Corentin en l'entendant donner l'adresse du palace où ils étaient descendus aux frais de la production. Je croyais que tu voulais aller visiter le marché aux puces de Notting Hill ?

Assise tout contre lui, la brune et longiligne Nadia le regarda avec un sourire plus énigmatique que celui de la Joconde.

Décidément, c'était bien l'adjectif « mystérieuse » qui la définissait le mieux, pensa Corentin.

Un mystère qu'elle avait réussi a conserver depuis le premier épisode de l'émission, et ce, malgré les questions répétées et plus ou moins indiscrètes du « Parti en Or », alias lui-même.

Questions auxquelles elle répondait toujours avec son sourire lointain, en restant dans un flou pour le moins… artistique.

– Je n'ai rien contre le fait de visiter Notting Hill, fit-elle de son étrange voix feutrée. Au contraire… Depuis que j'ai vu le film du même titre avec Julia

Roberts, j'ai envie de voir si ça ressemble réellement à ça.

Elle prit délicatement la main de Boris, sur la banquette en Skaï du taxi :

– Mais avant, j'ai une autre envie à satisfaire. Tu vois, les petites parties à cinq, ou même à trois, c'est très sympathique, mais c'est un peu frustrant, à la longue. J'ai envie qu'on fasse l'amour tous les deux au moins une fois, rien que toi et moi.

Elle eut un petit rire étouffé en ajoutant :

– Comme ça, au moins, si tu ne me choisis pas à la fin de l'épisode, j'emporterai ce souvenir de toi.

Une fois dans sa chambre d'hôtel, où elle avait entraîné Boris, Nadia tira les rideaux en ne laissant filtrer qu'un rai de lumière. Juste ce qu'il fallait pour créer une atmosphère intime, sans rien perdre du « spectacle ».

Elle ne fit pas davantage de manières pour se déshabiller et entreprit de le faire en se plantant face à Boris, assis sur le lit. Corentin regarda, fasciné, son jean glisser le long de ses jambes interminables, et sa petite culotte suivre le même chemin, révélant un buisson intime soigneusement taillé tout en longueur. Elle arracha son bustier, faisant jaillir à l'air libre une paire de seins parfaitements ronds et accrochés très haut.

Elle était superbe, tout en longueur et en minceur, avec des jambes qui ne se rejoignaient pas : on aurait pu poser trois doigts à plat entre l'ouverture de son ventre et celle du puits de ses reins, sans toucher ses cuisses…

Ce qu'on appelait la « Rivière parisienne »…

– Ne bouge pas, souffla-t-elle, je reviens tout de suite.

Elle disparut dans la salle de bains, mais revint presque imédiatement. Elle poussa Boris en arrière sur le lit et s'installa au pied de celui-ci, jambes largement écartées, face à lui. Puis, elle laissa descendre sa main fine jusqu'à l'entrée de sa corolle intime. Ses doigts s'y enfoncèrent légèrement et Boris eut l'impression curieuse qu'ils cherchaient à saisir quelque chose…

Effectivement, Nadia, tout en gardant posé sur lui un sourire plus énigmatique que jamais, commença lentement à retirer un objet de l'intérieur d'elle-même.

Très lentement…

Peu à peu, centimètre par centimètre, la nature de l'objet en question se précisa. C'était un morceau de tissu.

De la soie, à en juger par les reflets mordorés de la matière, qui plus est trempée par le désir que Nadia avait de Boris.

Désir qu'elle avait choisi, étrangement, de lui prouver – et de lui offrir – de cette manière.

Le tissu était non seulement soyeux, constata Corentin, mais imprimé. Un imprimé, pour autant qu'il puisse en juger, figurant une scène de…

… de chasse à courre !

Nadia acheva d'extraire de l'intérieur de sa féminité le vaste objet soyeux qui s'y était imprégné de son désir.

Un carré de soie Hermès !

Qu'elle mit sous le nez Boris avec un sourire gourmand.

Boris… qui avait l'impression que son cœur avait cessé de battre.

– Tiens, dit Nadia. Comme ça, toi aussi, tu auras un souvenir de moi.

CHAPITRE 12

Agnès porta une main à sa bouche en mimant l'horreur, devant le caméraman le plus proche.

– Mais… il y a une chambre à coucher, juste à côté ! Tu ne crois quand même pas que je… alors qu'on se connaît à peine !

Boris eut du mal à contenir son fou rire devant la manière dont Agnès jouait les pucelles effarouchées, en en faisant des tonnes.

Elle venait, comme la mise en scène de cette avant-dernière émission l'avait prévu, de faire son entrée dans la suite présidentielle, au dernier étage de l'hôtel Meurice, pour son rendez-vous avec Boris, le célibataire le plus convoité du moment.

Celui-ci – ou plutôt la production de l'émission – avait bien fait les choses. Dans cette suite à quatre mille euros la nuit, donnant sur le jardin des Tuileries illuminé, une table était magnifiquement dressée, avec bougies, vodka et caviar dans la glace.

Boris portait un smoking de chez Saint-Laurent, Agnès une robe du soir en mousse de lamé crème de chez Ungaro.

Boris s'avança et la prit par la main en lui posant un baiser sur la joue.

– Allons, fit-il d'une voix suave et rassurante, tu commences à me connaître... Tu sais bien, que je ne suis pas comme ça.

Agnès leva vers lui un regard de biche, en se retenant de pouffer : la caméra était à cinquante centimètres.

– Tu me rassures. Cette suite... cette chambre... ça ressemble un peu à un piège.

En fait de piège, Boris n'en finissait pas de démêler l'écheveau de celui dans lequel il se débattait depuis le début de cette invraisemblable aventure. Sans savoir s'il était la proie ou la victime... ou les deux.

En accord avec la production, et sur l'insistance de son collègue de la Crim, il s'était mis en situation d'être à la fois la chasseur et l'appât. Le piégeur... et la proie. Et les rôles changeaient sans arrêt, comme l'apparence des personnages dans un labyrinthe de miroirs.

Bref, plus ça allait, plus Boris avait tendance à perdre ses repères.

Il arracha le carafon de vodka Moskovskaïa – il avait exigé sa marque favorite – de sa gangue de glace pilée et remplit à ras-bord deux verres-dés-à-coudre. Il en tendit un à Agnès, qui s'en empara avec un large sourire.

Un sourire que Boris perçut comme reconnaissant. Après tout, elle était là ce soir parce qu'il l'avait choisie.

C'était grâce à lui qu'elle était encore là, une des

quatre dernières filles sur les vingt-quatre du début…

Le choix, à la fin de l'épisode précédent, avait été cornélien, pour Boris.

Entre six filles – Agnès, Béatrice, Marie-Ange, Cécile, Julia et Nadia –, il avait fallu en choisir quatre.

Dans le « salon de réflexion » de la villa de Menton, Corentin avait longuement hésité devant les six dernières photos, pendant que les « originaux », tremblantes d'appréhension, attendaient dans la pièce principale.

Il y avait d'abord eu Béatrice, sa « favorite ». Celle que, depuis le début, il imaginait le mieux dans le rôle de la tueuse au foulard Hermès.

Plus que jamais, au cours de leur dernier tête à tête (si l'on pouvait dire, puisque les filles étaient deux), elle lui avait semblé peu encline à se livrer, à révéler des choses sur elle-même. Et ce, alors que, justement, le principe de l'émission voulait qu'à ce stade, les candidates adoptent l'attitude inverse.

Et puis, bien sûr, il y avait eu ce dernier indice ; ce moment où elle avait trébuché, faillir se trahir, quand elle ne s'était même plus souvenue qu'elle était censée être hôtesse d'accueil à Plaisir-en-Yvelines…

Une hésitation qui n'avait duré qu'une demi-seconde, mais qui n'avait pas échappé à Corentin.

Et qui lui avait valu de conserver sa place de numéro un sur la liste des suspectes. Donc, de recevoir un bijou lors de la dernière cérémonie.

Et donc, d'être encore en course… en s'imaginant

sans doute qu'elle le devait à son seul charme et sa seule beauté.

– À toi, fit Agnès avec un grand sourire en levant son verre de vodka.

– À toi, répondit Boris en trinquant.

Agnès grimaça quand l'alcool à cinquante degrés lui brûla la gorge.

– C'est une bonne idée, le caviar, dit-elle, je n'ai pas eu souvent l'occasion d'en manger, dans ma vie. Ce n'est pas le genre de chose que les hommes offrent tous les jours à une simple attachée commerciale.

« Ce n'est pas non plus le menu quotidien d'un simple flic », pensa Boris.

Agnès s'avança vers la baie vitrée et la terrasse dominant les Tuileries. L'air de cette nuit de mai était tiède, la circulation relativement calme rue de Rivoli, et l'odeur des arbres parvenait jusqu'à eux.

– J'ai l'impression d'être dans un film, fit la jeune femme.

– Et moi... dans un reality show, fit Boris en repérant la valse discrète d'un caméraman.

Agnès se tourna vers lui en éclatant de rire. Elle avait les yeux brillants, comme si les étoiles s'y reflétaient.

– Je m'imagine, racontant à mes enfants que j'ai connu leur père dans un jeu télévisé...

– J'espère qu'ils me considéreront comme le premier prix, rigola Boris.

Agnès redevint sérieuse :

– Sûrement, dit-elle... à condition que ce soit moi qui le remporte.

Boris ne répondit pas tout de suite.

Il était loin d'être certain qu'elle le remporte, le premier prix. En tout cas, son premier prix à lui, celui que le commandant de police Boris Corentin avait l'intention de remettre à la tueuse au foulard : une arrestation en bonne et due forme pour neuf meurtres. Laquelle devrait normalement être suivie d'une condamnation à la prison à vie.

La médaille du travail, en quelque sorte.

Non, Agnès Bartola (il s'était quand même renseigné sur son nom) n'était pas sûre de gagner. Ce qui soulageait plutôt Boris, vu qu'il avait un faible pour elle. Belle, intelligente, avec un genre d'humour qu'il partageait... elle avait décidément tout pour lui plaire.

Il avait même envie de la revoir après l'émission. Et si possible, ailleurs qu'au parloir de Fresnes.

Il devait bien s'avouer que c'était pour toutes ces raisons qu'Agnès était parmi les quatre à avoir reçu un bijou, lors de la dernière cérémonie.

Rien à voir avec Julia, par exemple.

Jusqu'à la précédente émission, la sculpturale rousse était nettement classée parmi les outsiders, dans la course à l'arrestation pour meurtre.

Jusqu'à ce que Boris appelait « l'incident des écuries camarguaises ». Cet instant où elle avait lâché, sur un ton parfaitement décontracté, que sa mère se coiffait toujours d'un foulard Hermès pour monter à cheval, et qu'elle-même en possédait toute une collection.

Évidemment, on pouvait penser que c'était trop facile. Trop beau pour être vrai. Que la véritable tueuse n'aurait jamais commis une gaffe aussi énorme...

C'était un peu ce que pensait Corentin. Mais quand même, cette « collection » de foulards représentait une coïncidence qu'il ne pouvait pas laisser passer.

Du coup, Julia, la splendide rousse, avait eu droit à un bijou, elle aussi.

Quant à Nadia...

Boris avait été estomaqué par le numéro très spécial qu'elle lui avait fait à Londres, et qui consistait à extraire de sa fleur intime un foulard Hermès imprégné de sa liqueur féminine.

Un foulard Hermès !... alors que, tout de même, il existait pas mal d'objets qu'une femme pouvait introduire dans la corolle nacrée de son ventre. Beaucoup, même, étaient faits pour ça : godemichés, boules de geisha...

Et même le coup du foulard, en admettant qu'elle tienne à l'idée d'un tissu qui s'imprégnerait d'elle-même pour le laisser en souvenir à son partenaire... Ce numéro, elle aurait pu le faire avec mille autres choses qu'un carré Hermès.

Sur le moment, en voyant le fameux foulard apparaître comme par enchantement, entre les cuisses de Nadia, Boris avait éprouvé un véritable choc.

Il avait même eu un peu peur, il devait bien se l'avouer.

Il s'y attendait si peu, de sa part à elle, qu'il s'était brièvement senti comme l'héroïne des films d'horreur américains, dont les camarades de lycée se font égorger les uns après les autres par un tueur inconnu, qui se réfugie entre les bras de son fiancé, le seul en qui elle a confiance… et qui découvre trop tard que le tueur, c'est lui.

Mais avec Nadia, le coup du foulard n'était pas allé plus loin que ce qu'elle avait annoncé. Après avoir fini de l'extraire d'elle-même, avec une lenteur calculée comme le plus érotique des strip-tease, elle l'avait simplement tendu à Boris en lui disant : « Tiens… Comme promis. Pour te souvenir de moi ».

Après, ils avaient fait l'amour « normalement »… si on pouvait qualifier de « normale » l'ardeur au plaisir dont Nadia avait fait preuve.

À croire qu'elle faisait ça pour la première et la dernière fois de sa vie.

En tout cas, il n'avait pas été question d'attacher Boris aux montants du lit, ni d'aucun petit jeu du même genre. Auquel Corentin aurait refusé de se prêter, de toute façon.

Mais là aussi, la coïncidence était trop grosse. Que Nadia ait justement choisi un foulard Hermès pour son… offrande à Boris… Celui-ci n'en était pas revenu.

Nadia, en revanche, allait revenir, puisqu'elle avait eu droit, elle aussi, à un bijou, c'est-à-dire une invitation au club des quatre dernières sélectionnées.

Sur les six, à la fin de la précédente émision, il restait encore Cécile, la cavalière émérite, experte ès trot enlevé et férue d'amour courtois…

Boris, après réflexion, avait décidé de l'éliminer.

Son instinct lui disait qu'elle était plus folle qu'intelligente. Et la criminelle, pour être si longtemps passée entre les mailles du filet, devait montrer les proportions inverses.

Ou tout au moins un équilibre approximatif entre l'intelligence et le dérèglement mental. Fifty-fifty, en quelque sorte.

La toute dernière était Marie-Ange, la ravissante Guadeloupéenne. Fraîche, nature, ensoleillée... et chaude, bref, l'image même de son pays.

Mais également franche, nature et naïve, bref, n'ayant rien à cacher. Le contraire de la froide meurtrière que Boris avait entrepris de traquer.

Si la délicieuse Marie-Ange avait quelque chose à voir dans ces assassinats, c'est que Corentin avait perdu toute espèce d'instinct et qu'il était bon pour la retraite.

Ce qu'en toute modestie, il ne croyait pas encore.

Adieu, Marie-Ange...

Avec un double regret : celui, en l'éliminant, de donner raison, bien malgré lui, aux producteurs de ce jeu qui avaient décidé une fois pour toutes qu'une fille de couleur « dégagerait » impérativement à mi-parcours...

Au cours de leur dîner en tête à tête, Agnès fit rire Boris comme peu de filles l'avaient fait rire depuis longtemps. Elle évoqua sans complexe quelques aventures masculines ratées, dont certains épisodes étaient franchement comiques. Et pas toujours à son avantage, ce que Boris trouva sympathique.

Il n'avait pas l'impression d'avancer beaucoup

dans son enquête, mais en tout cas, Régis Fennec, qui suivait le déroulement de la soirée sur son écran de contrôle, devait être content : pour un novice, Boris faisait de la bonne télé.

Il avait à peine terminé sa glace aux pruneaux qu'après cette délicieuse fraîcheur, il sentit tout à coup une chaleur tout aussi agréable.

Entre ses jambes, pour être précis.

Son regard rencontra le sourire complice d'Agnès qui, sous l'œil inquisiteur des caméras qui tournaient toujours autour d'eux comme des requins dans un aquarium, continuait à lui parler.

Pendant que sous la nappe, son pied, débarrassé de son escarpin, avait entrepris de masser la virilité de Boris à travers son pantalon de smoking.

Ce n'était pas la première fois qu'une fille lui faisait ce coup-là, mais Corentin fut stupéfait par l'agilité quasi acrobatique des orteils d'Agnès.

En clair : elle n'aurait pas fait mieux avec ses doigts !

Elle réussit même l'exploit de faire descendre le zip de sa fermeture et d'aller puiser, dans les replis du tissu, le membre masculin qu'elle avait déjà conduit au bord de l'explosion !

Puis, ses dix orteils entrèrent en action en même temps, pour offrir à Boris un massage qui lui donna l'impression qu'il avait plongé le sexe dans une machine à traire.

Le résultat ne se fit pas attendre longtemps.

Il explosa, dans un orgasme qui lui fit lâcher un gémissement involontaire… Gémissement qu'à cause des caméras qui tournaient toujours, il déguisa en quinte de toux.

Julia était plus somptueuse que jamais, dans sa robe noire ultra-moulante, ultra-décolletée, et ultra-fendue.

Boris la vit s'avancer vers lui d'une démarche sensuelle et chaloupée qui évoquait un peu Rita Hayworth dans « Gilda », son plus célèbre film. Julia avait une façon de passer entre les tables, dans le jardin intérieur de l'hôtel Bristol, qui fit se retourner sur son passage tous les hommes présents.

Même les plus âgés… et même ceux qui étaient déjà accompagnés de créatures magnifiques.

Il faut dire que la fente de sa robe lui arrivait à l'aine et que chaque pas qu'elle faisait révélait qu'elle ne portait rien en dessous.

Le restaurant d'été du Bristol était un des hauts lieux du nouveau chic parisien, dès que les beaux jours revenaient. Cuisine trois étoiles, décor exceptionnel dans un vaste jardin à deux pas de la Concorde et du palais de l'Élysée, tarifs bien sûr astronomiques… Bref, tout ce qu'il fallait pour faire une forte impression sur une femme qu'on cherchait à séduire.

Boris, lui, ne cherchait pas vraiment à séduire qui que ce soit. D'abord parce qu'il était là incognito, pour mener une enquête. Et aussi parce que le « Parti en Or » qu'il incarnait avait séduit d'avance toutes les candidates à l'émission.

Pour un homme à femmes comme lui, ce n'était même pas drôle : c'était trop facile.

De toute façon, il avait d'autres soucis en tête. La fin de l'émission approchait et il ne tenait toujours pas la tueuse au foulard Hermès.

Et à chaque épisode, il devait « relâcher » plusieurs nouvelles filles dans la nature.

Deux, la dernière fois.

Deux autres encore, à la fin de l'épisode actuel.

Il aurait voulu passer son flair au papier de verre, comme les cambrioleurs d'autrefois le bout de leurs doigts, pour les rendre plus sensibles, et mieux « sentir » les combinaisons des coffres...

Boris appela le maître d'hôtel et commanda une bouteille de Dom Pérignon, histoire de créer l'ambiance.

Puis, il essaya d'oublier le corps sublime de Julia, dont les seins laiteux débordaient de leur fourreau de soie noire, pour se concentrer sur le seul indice qu'il possédait, la concernant.

– Alors comme ça, fit-il d'un ton badin, tu as une passion pour les foulards Hermès.

La belle rousse ouvrit des yeux étonnés.

– Tiens, dit-elle, tu te souviens de cette histoire ?... Oui , c'est vrai, mais j'aime bien tout ce qu'ils font, chez Hermès. Ma mère prenait l'accent anglais pour dire « Heurms ». Je crois qu'elle était un peu snob, ma mère.

Elle eut un rire sensuel :

– Mais j'avoue que je suis un peu comme elle. Je suis superficielle, qu'est-ce que tu veux ? J'aime les belles fringues, les « beautiful people », les endroits chic et branchés... et les hommes capables de m'offrir cette vie-là.

Elle se pencha vers lui et Boris vit briller ses yeux verts dans les flammes des bougies, quand elle demanda :

– Est-ce que c'est le genre de vie que tu aurais envie de m'offrir ?...

Boris sourit, soupira discrètement, et lui prit la main.

Non, il n'avait pas envie de lui offrir quoi que ce soit de ce genre. En fait, les décérébrées mondaines comme elle l'insupportaient plutôt qu'autre chose.

Plus il la regardait, moins Boris se voyait passer plus d'une nuit avec Julia.

Il ne la voyait même pas en tueuse.

Pour ça, il aurait fallu qu'elle puisse avoir l'idée de tuer quelqu'un.

Et Julia n'avait pas assez d'idées pour ça.

Le lendemain, Boris dîna magnifiquement au « Cinq », le restaurant de l'hôtel George V, en compagnie de Nadia.

Il avait encore en mémoire chaque détail de son corps de liane, avec lequel elle jouait aussi bien les élégantes distinguées que les salopes capables de tout.

Dans le domaine du sexe, en tout cas.

Parce que pour ce qui était du crime, Boris, tout bien pesé, doutait de plus en plus que Nadia soit faite pour ce registre. Bien sûr, il y avait eu l'épisode érotico-tragico-comique du foulard Hermès... mais plus il y pensait, plus il était persuadé qu'il s'agissait d'une simple coïncidence.

Et quand il cherchait à imaginer Nadia en train

d'étrangler neuf hommes successivement... il n'y arrivait tout simplement pas. C'était comme un mauvais casting : le rôle ne collait pas au personnage. Et vice-versa.

Évidemment, il y avait toujours un risque à ne pas la choisir. Mais selon l'expression en vogue chez les politiques et les statisticiens, « le risque zéro n'existait pas ».

Boris allait devoir faire confiance à son instinct, une fois de plus...

Corentin n'eut pas à attendre, assis à table, que Béatrice vienne le rejoindre en soignant son entrée : elle était montée à bord en même temps que lui. Le restaurant était un petit bateau-mouche, entièrement réservé par la production pour leur dîner en tête à tête.

Plus le personnel de service... et les cameramen, bien sûr.

– On a un peu l'impression d'être des touristes japonais, murmura Béatrice sur le ton de la confidence, comme si elle avait oublié que des micros ultra-sensibles les écoutaient. Dommage qu'ils ne nous aient pas fourni les Nikon : on aurait pu se photographier mutuellement, en passant devant la tour Eiffel.

Boris sourit à ce trait d'humour un peu facile, tout en notant mentalement le ton légèrement « supérieur » de la remarque.

– C'est la première fois que tu dînes sur un bateau-mouche ? demanda-t-il.

Béatrice leva son verre de champagne pour regarder briller les bulles dans la lueur des bougies.

– Oui, sourit-elle… à Paris, en tout cas.

– Comment ça ?

La jeune femme secoua la tête :

– Oh, rien. Je voulais dire que dans la plupart des villes traversées par un fleuve, on trouve ce genre de… d'attraction.

– Et tu en as visité beaucoup, des « attractions » dans le genre de celle-ci, insista Boris.

Béatrice eut une moue énigmatique :

– Quelques-unes… Mais parle-moi plutôt de toi.

– Non, répliqua Boris, presque sèchement. J'ai des choix à faire, tu le sais bien. Comment veux-tu que je prenne les décisions que je dois prendre, si tu ne me révèles rien de toi.

Béatrice le fixa un moment en silence.

– C'est peut-être par pudeur que je ne me révèle pas, dit-elle. Par modestie. Il y a des gens qui gagnent à ne pas être connus…

Elle rit. Boris l'imita poliment et vida son verre de champagne.

– Allez, fit-il sur un ton aussi convivial et encourageant que possible. Moi, je ne vous ai rien caché, à toi et aux autres filles. Alors à ton tour. Tu en as eu combien, des fiancés ?…

Le regard de Béatrice devint à la fois songeur et lointain.

– Des fiancés… « é » ? fit-elle. Pas beaucoup. Les hommes sont si brutaux et maladroits… surtout les jeunes.

Soudain, elle sembla sortir d'une sorte d'état

second en réalisant qu'elle s'aventurait sur un terrain dangereux. Elle eut un petit rire un peu forcé, comme pour dire : « Je t'ai bien eu, hein ? »

Mais c'était exactement ce que Boris, lui, était en train de penser.

CHAPITRE 13

Boris avait l'impression de vivre ce que les Américains appellent en français dans le texte un « déjà vu ». Le même décor : la villa tropézienne de Régis Fennec ; les mêmes personnages en dehors de lui-même : Fennec, Alexia Cuques, Aimé Brichot, avec Jean-Marc Leroy et Francis Lejeune en prime… et le même spectacle sur le téléviseur-écran de contrôle : lui-même, flanqué de Jean-Marc Leroy, en train de remettre solemnellement un bijou dans son écrin à des candidates sélectionnées parmi toutes les autres.

Seule différence notable : les rangs s'étaient nettement éclaircis, et les participantes à la cérémonie n'étaient plus que quatre.

Dont deux – Julia, la rousse, et Nadia, la brune –, dont le visage avait du mal à ne pas trahir le désespoir de ne pas avoir été choisies par le « Parti en Or ». Boris, en l'occurrence.

Régis Fennec s'empara de la télécommande et fit défiler trois fois de suite le passage où Boris appelait Béatrice pour lui remettre son sésame pour la

« finale ». La belle brune sensuelle quittait son fauteuil et s'avançait vers lui, moins comme une midinette à la rencontre du prince charmant, que comme une championne venant recevoir son trophée.

– Lesbienne ! râla Régis Fennec. Lesbienne, elle ! Vous en avez de bonnes, Boris. Je veux bien admettre qu'elle a un côté, disons... sportive, mais de là à l'étiqueter gazon maudit...

Il plongea fébrilement dans sa boîte de Cohibas siglo VI en marmonnant :

– Une gouine ! Bordel, il ne manquait plus que ça. En tout cas, c'est une première dans l'émission ! Si jamais ces enculés de journalistes l'apprennent, on n'a pas fini de se payer notre gueule !

– Calmez-vous, Régis ! l'interrompit Corentin. D'abord, je n'ai jamais affirmé que Béatrice Fontelle était lesbienne. Il se peut qu'elle le soit, c'est tout. Il se peut aussi qu'elle ait eu une ou deux aventures féminines, sans être définitivement passée de l'autre côté pour autant. Il se peut même que rien de tout ça ne soit vrai, et qu'elle ait fait semblant de se trahir pour me laisser croire qu'elle préférait les filles...

Le commandant de police Francis Lejeune, de la Crim, reposa nerveusement son verre d'anisette.

– Mais pour quelle raison aurait-elle fait une chose pareille ? fit-il. Pour que tu ailles en déduire qu'elle déteste les hommes et te donner une raison de plus de la soupçonner d'être la tueuse ? Ça ne tient pas debout, voyons !

– Sauf, fit Aimé Brichot en remontant ses lunettes de myope léger sur l'arête de son nez... que dans son esprit, Boris n'est pas censé la soupçonner de quoi que ce soit. Un, parce qu'il est supposé être le dynamique pdg d'une boîte d'informatique, rien de plus. Deux, parce qu'il n'est même pas censé être au courant des meurtres. Je vous rappelle en effet que, pour l'instant, nous avons réussi à ne rien laisser filtrer du côté de la presse.

Jean-Marc Leroy, l'animateur de l'émission, poussa un profond soupir :

– Alors dans ce cas, dit-il, est-ce que quelqu'un peut m'expliquer pourquoi elle fait ça ?

– Pourquoi elle fait quoi ? dit Brichot.

– Mais… tout ce qu'elle fait depuis le début ! s'énerva Leroy. Elle joue Dieu sait quel petit jeu avec notre célibataire, elle donne à Boris l'impression qu'elle cherche à se faire passer pour ce qu'elle n'est pas, elle nous donne une fausse adresse, elle se la joue chipie, bêcheuse, ta-bite-a-un-goût, bref, tout ce qu'il faut pour se rendre antipathique, et pour couronner le tout, elle laisse carrément entendre à Boris qu'elle serait gouine ! On n'a jamais vu une candidate se comporter comme ça ! Normalement, les filles sont prêtes à tout pour être choisies, pour passer un tour supplémentaire, et si possible pour gagner. Elles se donnent un mal de chien pour avoir l'air de princesses de contes de fées et pour se rendre irrésistibles. Celle-là, on dirait qu'elle fait tout pour se rendre aussi antipathique que possible et pour se faire éliminer. Si vous voulez mon avis, elle doit être la première étonnée d'être encore en course !

Un long silence suivit la tirade de l'animateur. Chacun réfléchissait dans son coin à ce que Leroy venait de dire. Faute de pouvoir contredire les évidences qu'il venait d'énoncer, on cherchait une explication.

Alexia Cuques fut la première à en proposer une.

– Elle est peut-être tout simplement timide, suggéra-t-elle.

Cinq têtes masculines se tournèrent dans sa direction.

– Quoi ? fit Régis Fennec.

– Mais oui, continua Alexia. Décidément, les mecs, vous ne connaissez rien aux gonzesses. Il y en a beaucoup, quand elles se retrouvent devant un type qui leur plaît vraiment, qui perdent tous leurs moyens. D'habitude, c'est plutôt aux garçons que ça arrive, ce genre de chose. Mais les filles aussi, quelquefois. Et quand ça se produit, elles ont tendance à se déprécier, presque malgré elles. C'est une attitude qui consiste à dire : « Je ne te plais pas, eh bien moi, je me plais encore moins… nana nè-re ! » On n'ose pas se mettre en avant de peur d'être rejetée, alors on se déprécie, on fait tout ce qu'il faut pour se montrer sous un jour aussi négatif que possible. Comme ça, si l'autre nous rejette, ça ne viendra pas de lui, mais de nous. Une façon de transformer un échec en victoire, en quelque sorte.

Il y eut un court silence, vite rompu par les applaudissements de Régis Fennec.

– Dis donc, ma grande, fit-il en mâchouillant son Cohiba, c'est pas co-productrice que t'aurais dû faire, c'est psychanalyste.

– Ouais, rigola Jean-Marc Leroy, et puis comme ça, au mois, tu serais passée à la télé !

Ils éclatèrent de rire. Alexia Cuques haussa les épaules :

– Vous êtes vraiment trop cons, tous les deux !

Elle sortit une cigarette blonde d'un étui en or et Boris se précipita pour lui donner du feu.

– Eh bien moi, fit-il, je trouve ça très pertinent, ce que vous venez de dire, Alexia.

À ces mots, la co-productrice retrouva le sourire et se cambra d'instinct, pour faire saillir sa poitrine sous le nez de Corentin.

Celui-ci resta debout et se mit à arpenter machinalement le salon ensoleillé, histoire de s'aider à réfléchir.

– C'est très simple, en fait : tout ce que vous suggérez, les uns et les autres, est peut-être vrai. Le contraire aussi. Et c'est valable également pour tout ce que j'ai dit, moi, à propos de cette fille. Affabulatrice, mythomane, timide, complexée, criminelle psychopathe, innocente perturbée… Je vais vous dire : c'est justement parce qu'elle pourrait bien être n'importe laquelle de ces choses que je continue à la soupçonner. Parce que je n'arrive pas à la cerner. Parce qu'elle se cache derrière les méandres d'une personnalité qui joue sans cesse à cache-cache.

Il s'arrêta pour allumer une cigarette. Aimé Brichot en profita pour intervenir.

– Bref, on a compris que la dénommée Béatrice Fontelle est numéro un sur ta liste de suspectes depuis le début, et que ça n'a pas changé.

Il jeta un œil à l'écran de contrôle où, le son étant coupé, on voyait à présent Boris remettre son bijou à l'autre « finaliste » : Agnès.

– Et celle-là ? Agnès… Bartola, si j'ai bonne mémoire ?

Boris haussa les épaules avec une petite moue espiègle :

– Agnès ?… Disons que, faute d'autres prétendantes sérieuses au titre de serial-killeuse de l'année, je l'ai choisie, elle, pour être ma seconde finaliste.

– Mais pourquoi, elle, justement ? insista Aimé.

Corentin eut un geste vague, comme pour signifier que le hasard y était pour beaucoup.

Alexia Cuques coupa court à ses tergiversations en intervenant :

– Mais parce que cette fille le branche, c'est tout ! Dites donc, vous êtes lourds, les mecs ! Vous ne voyez pas qu'elle lui plaît, qu'elle l'excite, qu'elle le fait bander, tout ce qu'on veut ? Dans quelle langue il faut vous le dire ?

Sans pouvoir s'empêcher de sourire, Boris calma son ardeur d'un geste :

– Doucement, Alexia. J'admets que j'ai un petit faible pour Agnès, mais de là à en faire la mère de mes enfants…

– Quoi ? sursauta Brichot. Tu envisages de te marier, toi ? Bienvenue au club, mon vieux ! Dis donc, j'en connais un certain nombre qui vont être inconsolables…

– Sérieusement, coupa Alexia… Je vous rappelle qu'à la fin de la prochaine émission, il va fallloir que vous en choisissiez officiellement une des deux et que vous lui offriez une bague de fiançailles devant les caméras.

– Alexia a raison, reprit Régis Fennec. Si j'étais

vous, je me préparerais mentalement à ce grand moment.

Boris s'immobilisa devant la télé :

– C'est entendu… j'assume.

– J'espère bien, enchaîna Régis Fennec. Et là, c'est le producteur qui vous parle. « Le Parti en Or », ça représente vingt pour cent de parts de marché et dix millions d'euros de recettes publicitaires. Votre enquête de police, c'est une chose, mais vous comprendrez que moi, ce qui me préoccupe avant tout, c'est mon émission. Je ne sais pas quelle sera l'issue de votre enquête, et pour tout vous dire, je m'en tape complètement. Tout ce qui m'intéresse, c'est que l'émission aille jusqu'au bout et qu'elle se déroule de la manière la plus normale possible aux yeux des téléspectateurs.

Il se tourna vers Francis Lejeune :

– Vous m'avez forcé la main pour que j'accepte que mon show serve de cadre à votre enquête criminelle. J'ai accepté de tout bouleverser, et même de prendre le risque de nous décrédibiliser complètement en utilisant un candidat bidon… Je tiens à vous redire une fois encore que cette idée me déplaît depuis le début et que je m'y suis plié contre mon gré. Je vous le dis une nouvelle fois, devant vos deux collègues, qui sont témoins.

Boris vit les yeux de Jean-Marc Leroy aller à toute vitesse de Régis Fennec, son patron, à Francis Lejeune. Leroy n'hésita pas longtemps et prit la décision d'abonder dans le sens de son boss :

– Pendant qu'on y est, dit-il, vous noterez aussi que moi non plus, je n'étais pas d'accord. Hein,

Jean-Marc, je te l'ai dit depuis le début, tu te rappelles ?

Alexia Cuques eut un sursaut agaçé :

– Ah, là là, les mecs, laissez-vous pousser une paire de couilles, quoi, merde ! Ce que vous pouvez être frileux ! Ça va pas la tuer, votre émission, de servir de support à quelque chose d'utile et d'intelligent, pour une fois ! Au contraire ! Si jamais Boris la démasque grâce à nous, sa maniaque, je te dis pas la pub que ça va nous faire ! Pensez positif, quoi, merde !

Boris, Aimé et Francis Lejeune échangèrent un regard complice. Lejeune était au bord du fou rire.

– Merci de votre soutien, Alexia, fit Corentin en adressant à la co-productrice son sourire le plus chargé de promesses. Moi aussi, je note… Je note que vous êtes avec nous.

Il ajouta avec un clin d'œil, histoire de porter l'estocade :

– Je ne l'oubliera pas.

Régis Fennec grogna derrière son cigare, dont il pointa le bout rougeoyant sur Boris :

– De toute façon, maintenant, il est trop tard pour vous remplacer. Et si vous me plantez avant la fin, je suis ruiné. En conséquence de quoi, je ne vous demande qu'une chose : vous engager à jouer votre rôle jusqu'au bout, et avec toute la conviction possible.

Boris leva la main, d'une manière faussement solennelle, comme s'il prêtait serment dans un tribunal.

– Je m'y engage et je vous en donne ma parole d'officier de police.

Fennec haussa les épaules :

– Je ne vous en demande pas tant. Faites-le, c'est tout.

Aimé Brichot se racla la gorge, comme souvent pour annoncer qu'il avait quelque chose à dire.

– Moi, fit-il, il n'y a qu'une chose qui m'embête, dans tout ça : c'est l'éventualité selon laquelle la tueuse au foulard serait l'une des filles que Boris aurait remises en circulation.

Corentin eut un geste fataliste.

– Qu'est-ce que tu veux, Mémé, moi aussi, ça me préoccupe, cette possibilité. Mon flair et mon instinct sont plutôt performants, ni toi ni moi n'avons eu à nous en plaindre, pendant toutes ces années, mais je ne suis pas infaillible ! Même si, dans les circonstances présentes, j'ai étudié chaque cas sous tous les angles possibles…

Cette dernière formule – à double sens – lui fit venir à l'esprit une foule d'images érotiques effectivement liées aux candidates, voire aux suspectes.

Des souvenirs d'enquête, en quelque sorte, qu'il préféra garder pour lui.

Francis Lejeune claqua l'accoudoir de son fauteuil.

– Ça ne sert à rien, ce genre de supputations, dit-il. Si on n'avait pas confiance dans le fameux sixième sens de notre ami Boris, il ne fallait pas monter toute cette opération. Or, j'en ai pris l'initiative parce que justement, moi, j'ai confiance en ton instinct, mon pote ! Et je continue à avoir confiance, laisse-moi profiter de l'occasion pour te le dire. Je suis sûr que tu vas nous démêler tout ça vite fait, bien fait.

Aimé Brichot essuya discrètement ses lunettes à l'aide du grand mouchoir à carreaux qui ne le quittait jamais.

– Moi aussi, j'ai confiance en toi, Boris, tu le sais bien. C'est juste que…

– Quoi ? fit Corentin.

Aimé hésita un peu avant de lâcher :

– C'est juste que… si notre tueuse n'est pas parmi l'une des deux dernières candidates – et quand je dis « l'une des deux », je pense bien sûr à Béatrice –, on aura dépensé beaucoup de temps et gaspillé beaucoup d'efforts pour rien.

Corentin éclata de rire et lui envoya une grande claque sur l'épaule :

– Et alors, mon vieux Mémé ? Ça ne sera pas la première fois !

– En effet. Dis voir…

– Quoi ? fit Boris.

Brichot leva vers lui un sourcil en accent circonflexe : le genre d'expression qui lui venait quand il avait une idée derrière la tête.

– J'ai pensé à un petit truc, dit-il.

– Vas-y.

– Pendant que tu entames ton dernier week-end de chaud lapin avec tes deux fiançées, j'ai pensé que Rabert, Tardet et moi, ainsi que Francis de son côté avec deux ou trois de ses bonshommes, on pourrait essayer de contacter le maximum de gens dans les entourages des victimes de notre tueuse, et leur soumettre les photos des vingt-quatre candidates de cette émission.

Boris ouvrit des yeux ronds :

– Carrément ?

– Ben oui, quoi ! La théorie de départ de Francis était bien que la tueuse, attirée par ton physique avantageux, viendrait se faire sélectionner au « Parti en Or », non ?

– En effet, admit Corentin, mais je te rappelle qu'une des raisons pour lesquelles nous en sommes arrivés à ce stratagème, Mémé, c'est que nous n'avions pas le moindre commencement d'indice sur la meurtrière. Et pourquoi ? Parce qu'elle a toujours fait en sorte que personne, dans l'entourage de ses victimes, ne la voie jamais, justement !

Aimé Brichot haussa les épaules, un peu vexé :

– Je te remercie de m'apprendre ce que je sais déjà, Boris. Mais moi, ce genre d'affirmation péremptoire, je n'y crois jamais à cent pour cent… jusqu'à ce que j'aie vérifié moi-même.

Boris quitta la villa de Régis Fennec dans la Porsche d'Alexia Cuques.

Qui, à la sortie d'un virage, confondit « malencontreusement » le levier de vitesse avec un autre, placé entre les jambes de son passager.

– Avant le grand tournage de demain, dit-elle, vous avez toute la soirée libre, si je ne me trompe pas ?

– En effet, dit Boris, qui la voyait venir.

– J'ai très envie qu'on la passe ensemble, cette

soirée, dit Alexia. Et ne me dites surtout pas non, je le prendrais très mal.

Boris lui adressa un sourire enjôleur.

– Loin de moi cette idée, fit-il. Justement, je cherchais un moyen de vous témoigner toute ma reconnaissance, pour votre manifestation de confiance de tout à l'heure.

La main d'Alexia Cuques s'égara de nouveau sur l'entrejambe de Boris… ou un second levier de vitesse était en train de s'ériger, presque aussi dur que le premier.

– Je suis heureuse de voir que vous l'avez trouvé, ce moyen, dit-elle avec un sourire de louve.

CHAPITRE 14

Alexia Cuques s'étira voluptueusement, ce qui eut pour effet de faire jaillir sa fabuleuse poitrine de sous les draps froissés. Avec un sourire de femelle repue, elle contempla le paysage de pins parasols dominant la mer, qu'on apercevait par la fenêtre de sa chambre.

Boris sortit de la salle de bains, aussi nu qu'elle, à l'exception d'une serviette nouée autour de la taille, et s'avança sur le petit balcon.

– Dis donc, fit-il, la villa de Fennec est un vrai palais, mais chez toi, ce n'est pas mal non plus.

– Ce n'est pas mal, en effet, soupira Alexia, malheureusement, ce n'est pas chez moi. C'est un petit pied-à-terre que je loue pour la durée du tournage de l'émission. À propos…

Elle s'allongea pour tendre le bras vers sa montre, restée sur la table de nuit. Dans le mouvement, le drap qui la recouvrait acheva de glisser et le reste de son corps voluptueux apparut aux yeux de Boris, auréolé de miel par le soleil matinal.

Corentin resta un instant rêveur, caressant du

regard la fabuleuse croupe de la co-productrice. Il avait passé la moitié de la nuit à s'y engloutir jusqu'à la garde, à s'y noyer, à laisser sa semence et jusqu'à son âme entre ces deux globes fabuleux.

Ainsi qu'entre les deux autres, ceux de ses seins.

Machinalement – ou exprès, sachant qu'il la regardait –, Alexia Cuques écarta les jambes, et Boris aperçut, dans les profondeurs de cette vallée de délices, le renflement charnu qui entourait l'accès au puits de son ventre. Cette bouche secrète était encore luisante d'un mélange de désir de femme et de liqueur d'homme, sur lequel rebondissait un éclat de lumière.

– Il va falloir y aller, annonça Alexia en regardant sa montre, arrachant du même coup Boris à sa rêverie érotique.

Elle se tourna vers lui et le détailla voracement.

– Quand je pense que dès ce soir, mon bel étalon, tu vas recommencer avec la première de ces deux petites salopes ce que tu as passé la nuit à faire avec moi !

Boris eut un sourire modeste.

– D'abord, dit-il, il ne me viendrait même pas à l'idée de faire la comparaison, tant ce que j'ai connu avec toi était exceptionnel…

– Tu sais parler aux femmes, toi, rigola la co-productrice.

– Ensuite, poursuivit Corentin, n'oublie pas que, même si ça risque d'être chaud par moments, je suis là avant tout pour mener une enquête et démasquer une criminelle.

Alexia Cuques se leva pour se diriger vers sa

cuisine. Son corps volupteux et altier, entièrement nu, évoquait celui d'une déesse antique.

– Mais oui, lança-t-elle. Et je suis sûre que tu regrettes que tous les criminels que tu rencontres ne ressemblent pas à ces deux filles.

Boris s'abstint de répondre. Mais en l'occurrence, il pouvait difficilement la contredire.

Alexia revint une minute après, toujours aussi nue, avec un plateau supportant une cafetière et deux tasses. Boris et elle s'installèrent sur le lit dévasté par leurs étreintes.

– Et tu le vois comment, le déroulement des opérations ? fit la co-productrice.

– Difficile à dire… Tout ce dont je suis sûr, pour le moment, c'est que, puisqu'on tourne à la suite mon week-end avec Béatrice et mon week-end avec Agnès, j'amerais commencer par celui avec Agnès.

– Pourquoi ? sourit Alexia. Parce que tu as un faible pour cette fille et que tu ne peux pas attendre de te retrouver seul avec elle ?

Boris haussa les épaules :

– Ne sois pas bête. C'est tout simplement parce que je veux garder le moment le plus pénible et le plus difficile pour la toute fin. Comme une sorte de conclusion dramatique au film, si tu veux.

Alexia remplit leurs tasses de café noir.

– En clair, si je comprends bien, dit-elle, ça veut dire que pour toi, sans le moindre doute, ta serial-killeuse n'est autre que Béatrice Fontelle. C'est ça ?

Boris souffla sur le breuvage bouillant.

– Je ne veux rien affirmer avec certitude, mais si on admet que la tueuse est l'une des deux dernières candidates, c'est forcément Béatrice. Elle a, si j'ose dire, toutes les « qualifications » requises...

Alexia eut un geste vague.

– Admettons. Et concrètement, ça se passe comment ?

– Eh bien, pendant le dîner sur la terrasse, devant les caméras, Brichot, Lejeune et quelques renforts se tiendront planqués dans les jardins de l'hôtel, prêts à intervenir. Ensuite, ils se déplaceront discrètement en même temps que nous. En fin de soirée, quand on se retrouvera, Agnès et moi, dans la suite nuptiale, ils resteront en réserve dans une des chambres du même étage, prêts à répondre à mon appel. Et on procèdera exactement de la même façon le lendemain, quand ce sera le tour de Béatrice.

Alexia sourit derrière sa tasse.

– Je ne sais pas si le commandant Boris Corentin va procéder à beaucoup d'arrestations, ces deux prochains jours, dit-elle, mais ce qui est sûr, c'est que notre célibataire maison, lui, ne va pas s'ennuyer. Enfin... L'essentiel, c'est que l'émission soit réussie.

Boris embrassa ses lèvres charnues.

– Ce que j'aime, chez toi, dit-il, c'est ton dévouement à ton métier.

– Je suis capable d'être tout aussi dévouée à autre chose, fit la co-productrice d'une voix rauque... en refermant ses doigts sur la virilité de Boris.

***

Chaque fois qu'Agnès lui souriait, Boris avait l'impression de voir les étoiles se refléter dans ses yeux, comme l'autre nuit, à Paris, sur la terrasse de leur suite de l'hôtel Meurice.

Sauf qu'ici, sur la Côte d'Azur, des étoiles, il y en avait beaucoup plus, forcément.

On avait dressé la table rien que pour eux, au bord de la piscine du Régency, qui dominait la mer. En fond sonore, le léger clapotis des vagues se mêlait au chant des grillons dans les pins du parc, et à la musique de quatuor à cordes diffusée par une sono invisible.

– Est-ce que je t'ai dit que je te trouvais encore plus en beauté que d'habitude ? demanda galamment Boris à sa compagne de table.

Laquelle était effectivement à couper le souffle, dans sa robe du soir en velours perle qui la moulait comme une seconde peau, soulevant ses seins comme deux œufs s'apprêtant à tomber du nid et mettant en valeur ses épaules rondes, sa longue nuque, et la cascade de cheveux bruns encadrant l'ovale romantique de son visage.

Agnès éclata d'un rire léger, dévoilant une dentition évoquant un rang de perles.

– Oui, répondit-elle, aux alentours du hors d'œuvre. Mais tu peux le répéter autant que ça te fera plaisir, ce n'est pas moi qui te le reprocherai.

– Qu'est-ce que tu veux, fit Boris, je me sens d'humeur romantique, ce soir, ça doit être l'ambiance…

– Ou les caméras, pouffa Agnès en désignant discrètement l'un des porteurs d'objectifs qui tournaient autour d'eux. Tu as remarqué : la production a poussé le soin du détail jusqu'à les mettre en smoking… alors qu'on ne les voit même pas à l'image !

Elle rit, un tout petit peu trop fort.

– Dis donc, fit Boris en lui prenant la main sur la nappe, tu n'aurais pas un peu abusé du champagne, par hasard.

Agnès fit un effort pour redevenir sérieuse.

– Et alors ? Si jamais tu choisis Béatrice, ce sera la dernière soirée qu'on aura passée ensemble, toi et moi. La dernière fois que je t'aurai eu pour moi toute seule ! Alors pour l'occasion, j'ai envie de me lâcher un peu.

Elle se pencha vers Boris et murmura, comme si elle croyait que les micros ne l'entendraient pas :

– Je veux que cette nuit soit inoubliable !

Boris leva son verre dans sa direction :

– Tu veux que je te dise… elle l'est déjà. Mais pourquoi dis-tu : « Si jamais tu choisis Béatrice » ? Je te trouve bien défaitiste.

– Oh, fit Agnès, c'est juste que j'ai tellement envie que tu me choisisses, moi, que j'essaie de m'habituer d'avance à l'idée que tu ne me choisiras pas. Comme ça, la déception sera moins douloureuse.

Boris avala une gorgée de champagne en regardant la jolie brune au fond des yeux. Tout en elle l'attirait et le séduisait. Même s'il n'avait pas soupçonné Béatrice d'être la tueuse qu'il recherchait, c'était elle, Agnès, qu'il aurait choisie.

Mais ça, il était hors de question de le lui dire maintenant. Même de le sous-entendre. Les règlements de l'émission l'interdisaient formellement.

Il se leva et lui tendit la main :

– On marche un peu ?

Agnès prit la main de Boris, qui l'entraîna autour de la piscine, jusqu'à une sorte de promontoire artificiel avançant au-dessus de la mer. L'extrémité formait une sorte de kiosque au milieu de l'eau. Sous la lune, l'endroit semblait le lieu de rendez-vous romantique par excellence. D'ailleurs, il avait sûrement été construit pour ça.

Sans prêter attention au caméraman qui les avait suivis sans faire de bruit, Agnès se colla soudain de tout son corps à Boris et l'embrassa à pleine bouche. Sa langue força l'entrée de ses lèvres et s'enroula autour de la sienne, dans un ballet érotique imitant celui du reste de sa personne. Boris lui rendit son baiser… et même davantage, comme Agnès le constata en sentant l'impressionnante colonne de chair s'ériger dans le pantalon de smoking de son partenaire.

Elle s'écarta un peu de lui et le regarda avec un sourire radieux.

– Il y a encore un tas de choses dont on pourrait parler, toi et moi, dit-elle d'une voix enamourée : de notre boulot, de nos parents, de notre enfance, de nos flirts passés, de nos endroits préférés… bref, de quoi se connaître un peu mieux. Je pourrais même en profiter pour me faire paraître à mon avantage, histoire de multiplier mes chances au moment de ton choix. Mais tu vois, je n'ai envie que d'une chose…

– Et laquelle ? sourit Corentin, qui avait déjà deviné la réponse.

Agnès la lui murmura à l'oreille, à cause des micros indiscrets.

Heureusement, pensa Boris. Parce que sinon, le CSA[1] aurait fait couper la séquence…

Boris et Agnès se glissèrent comme des ombres dans la nuit, le long de la piscine du palace, à travers son parc odorant, jusque dans la « suite nuptiale » qui leur avait été réservée pour la circonstance.

Ici, Dieu merci, les caméras ne les suivaient pas. Elles restaient dehors, près de la table abandonnée de leur dîner, et se consolaient avec Jean-Marc Leroy, qui devait être en train de faire son petit laïus de fin d'émission.

De toute façon, à cet instant précis, Ni Boris, ni Agnès ne pensaient plus à lui. Ni même à l'émission.

Agnès se jeta sur Boris et entreprit de le déshabiller, avec une ardeur et une frénésie qui le surprirent un peu… sans qu'il trouve ça désagréable pour autant. Elle lui arracha sa veste de smoking, son nœud papillon, sa chemise, son pantalon… Quand il fut entièrement nu et elle encore en robe du soir, elle alla remplir deux coupes du champagne dont la bouteille attendait, dans son seau à glace. Elle en tendit une à Boris, qui la porta à ses lèvres… pendant qu'Agnès se laissait tomber à genoux. L'instant d'après, Boris se sentit disparaître dans un bain de champagne glacé et pétillant, contenu dans une bouche brûlante…

Boris ne se souvenait pas avoir déjà joui dans du champagne. C'est pourtant ce qu'il fit, quelques minutes pus tard.

1. Conseil Supérieur de l'Audiovisuel.

– Maintenant, déshabille-moi, souffla Agnès en remplissant leurs verres.

Elle se retourna et Boris dégrafa l'étroite robe de velours perle, dont il fit glisser le zip juqu'aux reins de sa partenaire… avant de faire coulisser le fourreau lui-même jusqu'au sol.

Dans l'ombre, éclairé seulement par la lueur de la lune, le corps d'Agnès dessinait une ombre chinoise proche de la perfection. Et quel que soit l'endroit où Corentin posait les mains, cette perfection se retrouvait systématiquement, dans les lignes et les proportions.

Il la poussa délicatement sur le lit, où elle se laissa tomber avec une grâce d'acrobate. Puis il s'avança au-dessus d'elle et passa son bras sous sa taille. Celle-ci se creusa d'instinct, formant un véritable tunnel entre son dos et ses fesses, offrant à Boris une prise pour mieux la maintenir contre lui et se caler contre elle.

Tout naturellement, dans un réflexe né avec la première femme, Agnès écarta largement les jambes. D'une seule poussée, Boris glissa en elle comme un couteau dans une motte de beurre chaud. Aussitôt, avec un râle de bonheur, Agnès rejeta la tête en arrière et ses ongles se plantèrent dans les omoplates de Boris. Instinctivement, son corps se poussait vers le bas pour s'empaler plus profondément encore sur le membre viril qui la possédait. Ses ongles allaient frénétiquement du dos aux fesses de son partenaire, à mesure que s'accélérait sa danse autour du pieu de chair surgi du ventre de Boris.

Trois orgasmes secouèrent Agnès comme un

courant à haute tension, avant que Boris ne se vide pour la première fois au fond de son ventre. Elle le laissa souffler cinq minutes, puis, à l'instant où il allait s'endormir, se pencha à son oreille pour lui susurrer :

– Maintenant, je veux que tu me prennes par là où je suis le plus étroite.

Elle baissa la tête comme une gamine confuse pour ajouter timidement :

– Je n'y peux rien... j'adore ça.

– Mais, y'a pas de mal à se faire du bien, comme on dit, fit Boris en riant. Et surtout pas de honte...

Avec un rire enthousiaste, Agnès fit un bond sur le lit et se retrouva à quatre pattes. Elle plongea la tête dans l'oreiller et ramena ses mains derrière elle, pour s'écarter au maximum, ouvrir le plus possible le chemin que son amant allait emprunter.

Quand Boris se rua d'un seul coup au fond de ses reins, Agnès poussa un cri d'animal, heureusement étouffé par l'oreiller où disparaissait son visage. Ses hanches frémirent sous les assauts répétés de la hampe brûlante qui la perforait et ses plaintes de douleur se transformèrent rapidement en hurlements de plaisir. Cette fois encore, elle jouit deux fois avant que Boris n'explose à son tour, déclenchant chez sa partenaire un troisième orgasme.

Corentin avait fini par perdre toute notion du temps. Avalé par un tourbillon de plaisir, il lui semblait n'être plus qu'un membre endolori et un cerveau vide, embrumé par la luxure et devenu incapable de penser.

Après une ultime gorgée de champagne, il s'effondra sans avoir la moindre idée de l'heure qu'il était. Il ne savait que deux choses : les premières lueurs de l'aube commençaient à rosir l'horizon, et la tête d'Agnès reposait sur sa poitrine.

Boris grimaça quand la lumière du soleil vint cogner à ses paupières. Dans un réflexe, il voulut porter la main à ses yeux, mais quelque chose l'en empêcha. Il tenta le même mouvement de son autre main… Impossible.

Il ouvrit les yeux et tourna la tête, à gauche puis à droite.

Et son sang se glaça dans ses veines.

Ses deux poignets étaient attachés aux montants du lit !

D'instinct, il voulut remuer les jambes. Mais ses chevilles étaient liées, elles aussi, aux montants inférieurs.

Quant à Agnès…

Elle était debout au pied du lit, entièrement nue, le regardant avec un sourire étrange.

– Tu vois, dit-elle, on aurait dû parler davantage, pour faire mieux connaissance. Je n'ai jamais eu le temps de t'expliquer mon fantasme préféré. Heureusement, on a encore deux ou trois heures devant nous, avant qu'ils ne viennent te chercher pour la suite du tournage. Je vais pouvoir te montrer mon petit jeu…

Boris s'efforça de garder son calme. Après tout, ce n'était peut-être qu'un « petit jeu », comme elle disait. Un petit jeu sexuel supplémentaire. Il existait encore une minuscule chance, une possibilité infime pour que…

Agnès sortit quelque chose de derrière son dos.

Un foulard Hermès !

Toutes les illusions, tous les espoirs de Corentin volèrent en éclats d'un seul coup.

C'était elle ! Elle, la tueuse au carré Hermès ! Elle, et pas Béatrice, ni aucune des autres ! Elle, la dernière qu'il soupçonnait !

Comment avait-il pu se tromper à ce point-là ? Comment ?…

Où étaient passés son flair, son instinct ?… Et Agnès, devenue au fil de ce reality show une amante, une complice, presque une amie !…

Soit il était devenu sourd et aveugle sans s'en rendre compte… soit cette fille était la plus grande actrice du siècle !

Boris essaya de rassembler ses esprits. Non, ce devait plutôt être un de ces cas de schizophrénie au dernier degré, de « dédoublement de personnalité » comme en évoquent les psychiatres et comme le cinéma s'en inspire. L'exemple le plus célèbre, dans ce domaine, étant celui du personnage d'Anthony Perkins dans « Psychose », d'Alfred Hitchcock : jeune hôtelier timide et poli qui, dès qu'une femme l'approche, « devient » sa mère morte pour poignarder la rivale…

Cette lueur étrange, apparue soudain dans le regard d'Agnès, trahissait cette forme de pathologie.

À un certain moment, pendant qu'il dormait, elle était devenue quelqu'un d'autre.

Elle était devenue la tueuse au foulard Hermès.

Qu'elle n'était pas le reste du temps, quand elle bavardait, flirtait ou faisait l'amour avec Boris. Ce qui expliquait qu'il n'ait pas reconnu la criminelle, derrière cette jeune femme saine et normale.

Qui, maintenant, avait disparu au profit de l'« autre », s'était effacée derrière son double, sa sœur d'ombre...

– Tu vas voir, continua Agnès. C'est génial, ce petit jeu. Je suis sûre que tu ne le connais pas.

Même sa voix avait changé. À peine, mais changé. C'était incroyable ! Comme si la sœur jumelle d'Agnès avait pris sa place.

– C'est très simple, dit-elle. On va faire l'amour et je vais te chevaucher, tout en t'étranglant avec ce foulard. Tu vas voir l'effet que ça fait. C'est incroyable ! Tu vas bander comme jamais tu n'as bandé de ta vie ! Ton sexe va pratiquement doubler de volume, et moi, je vais jouir comme jamais ! Toi aussi, d'ailleurs. L'ennui, c'est que pour toi, ça sera la dernière fois. C'est l'inconvénient de mon petit jeu. Je suis obligée de trouver un nouveau partenaire à chaque fois, puisqu'il meurt à la fin.

Elle contourna le lit et grimpa dessus.

– Mais tu vas voir... C'est ce qu'on appelle mourir en beauté ! Et franchement, je suis sûre qu'il y a beaucoup d'hommes qui seraient prêts à se sacrifier volontairement pour jouer avec moi à ce petit jeu. Je n'aurais même pas besoin de les attacher.

Boris sauta sur cette perche tendue :

– Alors, détache-moi...

Agnès s'installa à califourchon sur son ventre et le considéra avec une moue dubitative :

– Non, dit-elle enfin. Quelque chose me dit que toi, tu n'aurais pas voulu y jouer, à mon petit jeu, si je ne t'avais pas un peu forcé la main.

– Détache-moi, insista Boris, tu verras bien.

– Non. Je n'ai pas envie de courir ce risque. Pas avec toi.

Tout en parlant, elle avait commencé à onduler contre le corps de Boris comme une femelle en chaleur. Ses magnifiques seins en poire lui caressaient la poitrine de leurs pointes durcies, et la toison de son ventre passait et repassait sur sa virilité assoupie. Ce contact, plus électrisant que la caresse d'un gant de vison, provoqua chez Boris une stimulation érotique irrésistible. Malgré lui, il se sentit s'ériger avec la puissance impérieuse d'une fusée s'arrachant à sa rampe de lancement.

Soudain, Agnès fit un geste rapide que Boris n'eut même pas le temps d'analyser… et il sentit le contact soyeux du foulard s'enroulant autour de son cou, à la vitesse d'un serpent refermant ses anneaux autour de sa proie.

Ça aurait presque été agréable si, la seconde d'après, Agnès n'avait pas commençé à tirer vers l'extérieur les deux extrémités du carré de soie.

Aussitôt, le contact délicat autour du cou de Boris se transforma en serrement violent et douloureux, comme celui d'une corde de pendaison.

Et l'air se mit à arriver plus difficilement jusqu'à ses poumons.

D'un seul coup, une panique sourde et insidieuse s'insinua sous sa peau, jusque dans ses terminaisons nerveuses. Comme un poison rapide et mortel.

Elle était VRAIMENT en train de le tuer !

Agnès, une fille, une « faible femme », avait profité de son sommeil pour le mettre totalement à sa merci. Et avant qu'il ait eu le temps de comprendre ce qui lui arrivait, il s'était retrouvé dans la même situation que les neuf précédentes victimes de la tueuse au foulard Hermès !

Et sur le point de devenir la dixième !

Lui, le policier d'élite, le chien de chasse au flair infaillible, était tombé dans le piège de la tueuse qu'il était censé traquer !

À la panique s'ajoutait l'humiliation, en imaginant déjà ce que les collègues allaient penser en découvrant son cadavre.

Non ! Il n'était pas question de finir comme ça ! Pas lui ! Pas maintenant ! Il fallait réagir, trouver un moyen d'échapper à cette fatalité qui était en train de se refermer sur lui, aussi sûrement que le nœud du foulard se resserrait autour de son cou.

Et ce, avec une force incroyable de la part d'une fille élancée comme Agnès, sans doute sportive, mais qui – heureusement – n'avait pas des bras d'haltérophile.

– Tu te rends compte de ce que tu vas perdre, si tu me tues maintenant ? articula Boris avec difficulté.

Il avait du mal à parler : la pression grandissante sur sa trachée artère le faisait manquer d'air.

– Oui, répondit Agnès : un amant. Un amant fabuleux ! Heureusement que les grands bruns athlétiques et bouclés, macho et satisfaits d'eux-mêmes, ce n'est pas ça qui manque !

Boris réussit à être surpris par cettte manifestation

inattendue de mépris. Ça aussi, c'était nouveau. Encore une preuve, sans doute, du fait qu'elle avait basculé dans une autre personnalité.

– Non, fit-il avec difficulté, ce n'est pas à ça que je faisais allusion. Je parlais de ce pourquoi tu es là… ce pour quoi vous êtes toutes là : la gloire, la célébrité médiatique ! Tu n'as plus envie de devenir une star ?

– Mais si, fit Agnès en continuant à serrer, pourquoi pas ?

– Parce que si tu me tues, on t'arrêtera pour meurtre. Adieu, le conte de fées !

– On ne m'arrêtera pas plus cette fois-ci que les précédentes, répliqua Agnès.

– Mais cette fois, c'est différent, fit Boris à moitié asphyxié : tout le pays t'a vue à la télé, il y a des caméras partout, on sait qui tu es !

Agnès lui sourit comme si elle n'avait même pas entendu.

– Tu sens comme tu bandes bien, mon bel amant ? dit-elle en se frottant plus langoureusement encore contre le membre gonflé de Boris. Alors, il n'est pas merveilleux, mon petit jeu ?

C'était vrai que l'érection de Corentin, loin de faiblir, durcissait et prenait de l'ampleur à chaque minute.

De là à trouver merveilleux son « petit jeu »…

– Mais pense à tout ce que tu vas perdre ! insista-t-il avec ce qui ressemblait de plus en plus à l'énergie du désespoir. Les couvertures de magazine, l'alliance de chez Van Cleef, le chèque d'un million d'euros, la lune de miel à Bora-Bora, la garde-robe

Saint-Laurent complète, la villa au Vésinet… tout ce que la production réserve à la gagnante du jeu !

– Parce que, dit Agnès sans cesser de serrer, c'est moi que tu avais l'intention de choisir ?

– Oui, fit Boris, c'est toi. Pratiquement depuis le début, c'est toi ! Je n'ai pas le droit de te le dire, mais je te le dis quand même : c'est toi ma préférée ! Et de loin, même ! C'est à toi que j'allais offrir une alliance… et tout le reste.

Agnès le fixa étrangement, comme si elle le sondait pour mesurer la sincérité de ses paroles. Elle en oublia brièvement de tirer en sens contraire les deux pointes de son foulard. Pendant un bref instant, la pression se relâcha autour du cou de Boris, qui en profita pour avaler une lampée d'oxygène.

Puis, soudain, des éclairs de haine traversèrent les yeux sombres d'Agnès, qui, avec un « Salaud ! » retentissant, se remit à tirer de toutes ses forces sur le tissu.

– Salaud ! répéta-t-elle. Des promesses, encore et toujours des promesses ! Comme celle que tu m'avais faite de m'épouser ! Comme celle de me faire passer un week-end romantique, où tu m'as livrée aux appétits sexuels de la bande de porcs qui te sert d'amis ! Ordure !…

Cette fois, pensa Boris, elle se livrait vraiment, en lui révélant par bribes, parce qu'il allait mourir, sa vérité profonde, le drame qui avait fait d'elle le monstre tueur qu'elle était devenue.

Boris réussit à penser qu'il aimerait en savoir plus. Si seulement il avait l'occasion de l'interroger…

Elle serra… encore plus fort, avec une rage accrue.

Devant les yeux de Corentin, un voile rouge commençait à descendre. C'était le moment ou jamais d'abattre sa dernière carte ; de jouer le tout pour le tout. Parce que bientôt, il n'aurait plus la possibilité de tenter quoi que ce soit.

Pour la bonne raison qu'il serait mort.

– Je… ne suis pas ce que tu crois, articula-t-il avec des difficultés grandissantes. Je suis… flic ! Commandant de police ! Toute cette émission est un piège, pour te démasquer… et t'arrêter.

Une nouvelle fois, Agnès relâcha sa pression pendant une seconde ou deux pour le considérer avec un mélange de stupéfaction et d'horreur. Puis, elle poussa une sorte de feulement sauvage et l'injuria une nouvelle fois. En se remettant à serrer.

– Eh bien, fit-elle dans un état second, si tu es vraiment une pourriture de flic, je n'ai plus rien à perdre. Dommage… Je t'aimais bien.

L'oxygène n'arrivait presque plus aux poumons de Boris. Et le sang n'alimentait plus son cerveau qu'avec difficulté.

Cette fois, il n'était plus qu'à quelques secondes de l'éternité.

***

Aimé Brichot se pencha sur le fax de la réception du Régency, où il avait demandé qu'on lui envoie les résultats de l'enquête-éclair menée par ses hommes et ceux de Francis Lejeune. Avec impatience, il arracha de la machine les feuillets qui en sortaient, trop lentement à son goût, et les parcourut d'un œil rapide.

Sa mâchoire inférieure faillit se décrocher sous l'effet de la stupéfaction.

L'instant d'après, il sortit son portable et composa le numéro du commandant Francis Lejeune.

– Allo, fit Brichot, tu es où, là ?

– Dans une chambre, au même étage que la suite où Boris est en train de roucouler avec sa fiançée. J'avoue qu'on s'ennuie un peu. Vivement qu'il passe à la dernière, qu'on puisse la serrer [1] en beauté et rentrer chez nous…

– Oui, eh bien j'en ai une bien bonne à t'apprendre, Francis. La tueuse au foulard Hermès n'est autre qu'Agnès Bartola. Celle-là même avec qui Boris est en train de « roucouler », comme tu dis, en ce moment même ! Sa petite favorite. Son insoupçonnable ! Ça te la coupe, hein ?

Preuve que ça la lui « coupait » effectivement, le commandant Francis Lejeune mit plusieurs secondes avant de retrouver la parole.

– Co… comment tu le sais ? dit-il enfin.

– Tout simplement parce que, dans l'entourage des victimes de la tueuse au foulard, six personnes ont reconnu Agnès Bartola, ou tout au moins ont cru l'avoir aperçue avec telle ou telle de ses victimes, juste avant sa mort.

– Je croyais que personne ne l'avait vue, à part les types qu'elle a étranglés ? fit Lejeune.

1. Serrer : arrêter, en jargon policier.

– C'est ce que tout le monde croyait. Mais tu vois… elle ne s'est pas assez méfiée. C'est le coup du grain de sable dans la machine, une fois de plus.

– Bon, alors, qu'est-ce qu'on fait ?

– Je suggère qu'on se rassemble tous à l'extérieur de la suite de Boris et de mademoiselle Bartola, fit Brichot. Et au moindre signe un peu inquiétant, on fonce.

***

Boris Corentin avait l'impression que la seule partie de lui-même encore vivante était son sexe. Il ne le voyait pas, mais il l'imaginait comme une sorte de reptile puissant et incontrôlable, palpitant impatiemment entre son ventre et celui de la femme qui le chevauchait.

Celle-ci – Agnès, en l'occurrence – se lécha les lèvres avec gourmandise.

– Hummm ! fit-elle, tu es plus gros que jamais. Je sens que je vais me régaler. Est-ce que tu es prêt pour ton dernier orgasme, mon bel étalon ?

Avec une souplesse reptilienne, elle réussit à s'empaler sur Boris, sans cesser de tirer les deux extrémités de son foulard. Elle était si trempée de désir qu'elle l'avala d'un seul coup, jusqu'à la garde.

À l'instant où elle s'empala sur lui, Agnès ouvrit la bouche et ses yeux s'arrondirent, comme si un choc soudain venait de lui couper le souffle.

Avec un rugissement, elle se mit à frétiller sur le membre de Boris comme un poisson au bout d'un hameçon. Très vite, ses feulements rauques se transformèrent en cris de plaisir.

– C'est trop !... hurla-t-elle. Tu es trop gros ! Je vais mourir !...

Bien que déjà presque inconscient, Boris réussit à trouver drôle ce qu'elle venait de dire... alors que c'était lui qui allait mourir.

Qui était presque mort.

Mais pas la partie la plus virile de sa personne, en tout cas. Parce que de ce côté-là, non seulement il se portait bien, mais il sentait bien qu'il avait carrément doublé de volume !

Plantée à la verticale sur le centre de lui-même, Agnès se mit à trembler de tout son corps... qui fut bientôt secoué, comme si un courant électrique à haute tension le traversait, par le plus violent orgasme qu'elle ait connu de sa vie.

Un son comme Boris n'en avait jamais entendu se mit à sortir de la gorge de celle qui le chevauchait. Ça se situait quelque part entre le hurlement de la louve et le miaulement de la chatte sauvage.

Mais avec la puissance d'une sirène d'alarme !

On aurait cru que cette stridence incroyable rebondissait entre les murs de la suite, qu'elle les faisait trembler et qu'elle allait fissurer les vitres !

Soudain, Boris à son tour parvint à l'orgasme. Sa virilité surdimensionnée explosa au fond du ventre d'Agnès avec une telle violence que les hurlements de la jeune femme augmentèrent encore en intensité.

Boris n'avait jamais entendu ça de sa vie.

Ou plutôt, de sa mort... puisque c'était la dernière chose qu'il allait entendre.

Soudain, du fond du quasi-coma où il disparaissait de plus en plus profondément, il perçut une double explosion : celle de la porte volant en éclats, imitée par la grande glace de la baie vitrée.

Des silhouettes surgirent de partout.

Agnès, comme si elle ne les voyait pas, s'agitait encore sur le membre de Boris, dans les derniers soubresauts de la tempête qui venait de la ravager.

Tout ça devant Aimé Brichot, Francis Lejeune et leurs hommes, qui venaient de débouler en force dans la chambre.

En prenant peu à peu conscience de leur présence, Agnès relâcha machinalement le foulard qui asphyxiait Boris, et celui-ci revint progressivement à lui.

Ce qui lui permit de constater que ce qui avait bien failli être le tout dernier orgasme de sa vie s'était déroulé, non seulement devant Brichot, Lejeune et les autres collègues, mais aussi sous les yeux ébahis de la femme de chambre, du garçon d'étage… et de Béatrice Fontelle, son autre « finaliste », qui occupait la suite voisine.

Il ne manquait plus que les cameramen.

L'espace d'un bref instant, Boris regretta presque de ne pas être mort comme Agnès l'avait prévu.

Parce que là, il se serait vraiment retiré sur un triomphe !

ÉPILOGUE

Boris voyait ce que verraient bientôt des millions de téléspectateurs : un gros plan du visage radieux de Béatrice, le regard illuminé, qui venait de répondre : « Oui, je l'accepte avec bonheur » à sa question : « Béatrice, accepte-tu cette bague ? »

– Coupez ! cria le réalisateur. Elle est parfaite. Pas besoin de la refaire. On passe à la dernière prise, avec la finaliste.

Avec pour décor le bord de la piscine du Régency et la mer en arrière-plan, Boris et Agnès avancèrent l'un vers l'autre sous l'œil des caméras.

– Tu es une fille merveilleuse, récita Boris. Ce choix que j'ai fait, c'est juste que... il m'a semblé que j'avais plus de choses en commun avec Béatrice. Mais je sais que tu trouveras bientôt l'homme de ta vie.

Agnès se força à sourire.

– Je comprends ton choix, dit-elle avec l'air brave de la fille qui lutte pour contenir ses larmes. Sache que je ne t'en veux pas. Tu m'as fait rêver, pendant toutes ces semaines. J'ai vécu un véritable conte de fées, grâce à toi. Alors, je te souhaite sincèrement tout le bonheur du monde.

Elle lui posa un baiser léger sur les lèvres et lui sourit à nouveau.

– Coupez ! cria encore le réalisateur. Elle est parfaite, celle-là ! À vous arracher des larmes ! On la garde.

Le sourire d'Agnès continua à flotter sur ses lèvres pendant qu'elle regardait Boris pour la dernière fois.

– C'est vrai, tu sais : je ne regrette pas de t'avoir connu, même si je passe le reste de ma vie en taule à cause de toi. Tu resteras à la fois mon dernier et mon plus fabuleux amant.

– Dommage que tu aies pris l'habitude de les étrangler, fit Boris. C'était vraiment une sale manie.

Agnès ne répondit pas. Deux agents en uniforme l'entourèrent et l'emmenèrent vers la voiture de police stationnée dans le parking de l'hôtel.

Aimé Brichot s'approcha de Boris.

– Une chance pour la production qu'elle ait accepté de jouer son rôle jusqu'au bout, fit-il. Parce qu'une fois démasquée et arrêtée, on ne pouvait pas l'y obliger. Elle n'avait plus rien à perdre à refuser.

Corentin le regarda avec étonnement :

– Tu rigoles, Mémé ! Elle avait à perdre la seule chose qui lui restait, au contraire : la gloire médiatique ! La célébrité télévisuelle ! Ce après quoi pratiquement tout le monde court, aujourd'hui ! Grâce à ça, même en prison, elle sera une star et sa vie sera plus agréable. Et si jamais elle sort, rien qu'avec la vente de ses mémoires, ses vieux jours sont assurés.

Brichot hocha la tête.

– C'est vrai. Je n'avais pas vu les choses sous cet angle.

Un sourire en coin souleva le bout de sa moustache quand il ajouta :

– Dis donc…

– Quoi ?

– En tout cas, pour un moribond, tu bandais comme un surhomme…

– Qu'est-ce que tu veux, Mémé, fit Boris en tâchant de garder son sérieux… J'étais sûr que c'était la dernière fois de ma vie. Ça aide !

***

Depuis un moment, Boris avait l'impression que tout, dans sa vie, se produisait en double. La suite du Régency, où il était allongé sur le lit, était presque identique à celle où il avait failli mourir, étranglé par Agnès. Quant à la grande et superbe fille brune qui se déshabillait devant lui avec des langueurs de strip-teaseuse… elle avait pas mal de choses en commun avec la tueuse : le bel ovale de son visage, ses yeux sombres légèrement étirés en amande, les lignes voluptueuses de son corps de rêve, entièrement offert à la vue – en attendant mieux – de Boris, alors que tombait son dernier vêtement.

Il adressa un sourire prometteur à Béatrice, tout en constatant une fois de plus les frappantes similitudes physiques entre elle et Agnès. C'est-à-dire entre celle qu'il avait depuis le début prise pour la tueuse, et celle qui l'était réellement.

Une fois nue, Béatrice le rejoignit sur le lit et se lova contre lui avec des mines de chatte en chaleur.

– C'est drôle, dit-elle, qu'ils aient filmé notre dernier dîner en tête à tête après la cérémonie finale. Remarque, je sais bien que c'est parce qu'Agnès devait quitter le tournage plus tôt que prévu.

– Elle avait quelques obligations, en effet, fit Boris en effleurant de ses lèvres celles de la jeune femme. En particulier un rendez-vous pressant avec un juge d'instruction.

Béatrice eut une moue songeuse :

– Quand je pense que je viens de passer trois semaines avec une serial-killeuse ! Une fille qui aurait fini sur l'échafaud, il n'y a pas si longtemps… Tu crois qu'elle va prendre perpétuité ?

– Ça dépend, fit Boris… Si les médecins déclarent qu'elle est cinglée, ce que je ne suis pas loin de penser personnellement, elle finira sans doute dans une institution pénitentiaire psychiatrique.

Il prit à deux mains le visage de Béatrice pour la regarder au fond des yeux.

– En tout cas, dit-il, je tenais à m'excuser de t'avoir soupçonnée. Il faut dire que j'avais quelques bonnes raisons de penser que tu n'étais pas qui tu prétendais être. En un mot, que tu cachais des choses.

La ravissante brune éclata de rire :

– Et tu avais bien raison, dit-elle.

– Comment ça ?

– Figure-toi que j'avais parié avec des amies du Jockey-Club que j'arriverais à me faire sélectionner pour le « Parti en Or » !

– Quoi ? fit Boris stupéfait.

– Mais oui, dit Béatrice en riant de plus belle. Et comme j'avais cru remarquer que c'était toujours des filles d'origine modeste qu'on sélectionnait dans ce genre de reality-show, je me suis inventé des parents ouvriers, un job d'hôtesse d'accueil à Plaisir-en-Yvelines, etc. Heureusement que mon père ne l'a pas su ! De toute façon, il est trop occupé à gérer sa banque d'affaires privée pour regarder ce genre de programmes…

Boris s'effondra sur ses oreillers.

– Ça alors !… soupira-t-il. J'aurai tout vu, dans cette histoire !

– Comme tu dis ! fit Béatrice. En tout cas, si j'avais su que ce pari stupide me vaudrait d'être soupçonnée de meurtre… j'aurais sûrement réfléchi à deux fois.

Elle se mit à parsemer de baisers la poirine de Boris.

– Au fait, dit celui-ci, j'espère que tu ne m'en voudras pas si je ne t'épouse pas. J'ai joué le jeu pour les caméras, mais franchement, le mariage, ce n'est pas mon truc.

Béatrice éclata de rire.

– Ne t'en fais pas, dit-elle, moi non plus. De toute façon, les cadeaux de la gagnante, je n'ai pas besoin de la télé pour me les offrir. Comme tu l'as compris, ma famille est riche et j'ai quelques beaux partis qui font la queue dans mon antichambre.

Soudain, elle s'arracha à l'étreinte de Boris et sauta du lit. Toujours entièrement nue, elle traversa la pièce et alla fouiller dans son sac à main, posé dans un coin.

Quand elle se retourna vers lui, Boris crut que son cœur s'arrêtait de battre.

Béatrice tenait un foulard Hermès, tendu entre ses mains comme une corde destinée à étrangler quelqu'un !

L'instant d'après, elle éclata d'un rire de gamine espiègle devant le résultat d'une bonne blague.

– Si tu voyais ta tête !... Mais non, rassure-toi, c'était bien Agnès, la tueuse, tu ne t'es pas trompé de coupable ! Et je n'ai pas non plus décidé de l'imiter.

– Alors... qu'est-ce que tu fabriques avec ça ? fit Boris, encore sous le choc.

Béatrice s'avança, mutine.

– Je ne sais pas si tu as remarqué ma présence sur le moment, dit-elle, mais j'ai assisté à la toute fin de vos ébats, avec Agnès. Le résultat de ce qu'elle te faisait avec le foulard... c'était impressionnant à voir. Je parle à la fois, bien sûr, de tes dimensions et de tes... performances. Alors je me suis dit que c'était parfaitement injuste qu'elle soit la seule à en profiter. Et j'ai décidé que tu me le ferais à moi aussi, le coup du foulard.

Cette fois, c'est Boris qui éclata de rire.

– Ça alors, fit-il, c'est la meilleure ! Mais laisse-moi te dire deux choses : un, il n'est pas question que je revive une seconde fois cette situation où j'ai failli laisser ma peau. Le même cauchemar deux fois de suite, très peu pour moi ! Deux : je me sens parfaitement capable de te faire avoir un orgasme aussi intense, sans avoir recours à ce genre de petit jeu sado-maso…

– Prétentieux !

Ce n'était pas Béatrice qui venait de lancer ce qualificatif.

Boris se tourna vers l'entrée de la suite… où Ghislaine venait de faire une apparition théâtrale. La « panthère des beaux quartiers » était plus superbement féline que jamais, avec ses yeux verts en amande, sa crinière blonde, son corps souple et sensuel, et les griffes écarlates de ses ongles.

Quand elle écarta les pans de son imperméable pour jeter celui-ci sur un fauteuil, Boris sentit un courant électrique lui parcourir la colonne vertébrale : en dessous, Ghislaine était nue, à l'exception d'une guêpière de soie noire, prolongée de porte-jarretelles retenant des bas de même couleur. Le tout, contrastant de manière éblouissante avec la toison dorée de son ventre, que ne cachait aucune petite culotte.

– Béatrice et moi, on a encore une petite surprise pour toi, dit-elle.

– Encore une surprise ? s'étouffa Boris. Décidément, c'est la journée !

– Je me suis posé la question suivante, poursuivit Ghislaine : pourquoi, épisode après épisode du « Parti en Or », as-tu continué à sélectionner Agnès, alors que tu étais persuadé que c'était Béatrice, la coupable ? Ton légendaire instinct, bien sûr. Mais il y a aussi autre chose…

– Quoi ? fit Boris, soudain curieux de savoir ce que Ghislaine allait dire.

– Tu as ressenti une attirance réelle et sincère pour cette fille, poursuivit-elle.

Boris voulut protester, mais Ghislaine l'arrêta d'un geste.

– Je ne te le reproche pas, dit-elle. Je m'inquiète simplement : est-ce que la déformation professionnelle n'aurait pas développé chez toi une attraction suspecte envers les criminelles ?…

– Oh, écoute, s'esclaffa Corentin, c'est ridicule ! C'est…

– C'est très possible ! le coupa Ghislaine. Aussi, Béatrice et moi avons-nous décidé de te soigner énergiquement.

Corentin ouvrit des yeux ronds.

– En te faisant subir toutes les deux une petite cure de désintoxication, compléta Béatrice.

Qui s'avança vers le lit où Boris était toujours allongé.

Ghislaine, de son côté, en fit autant.

– Tu vas voir, fit cette dernière… ça ne sera pas douloureux.

– Mais ça devrait être terriblement efficace, ronronna Béatrice.

Boris soupira. Enfin… si son équilibre psychique était en jeu, il était prêt à payer une nouvelle fois de sa personne.

Quand on avait comme lui le sens du devoir… on l'avait jusqu'au bout.

DÉCOUVREZ

LES
DOSSIERS
ROSES

9,90 €

LES
DOSSIERS
SECRETS

9,90 €

Achevé d'imprimer sur les presses de

BUSSIÈRE
GROUPE CPI

à Saint-Amand-Montrond (Cher)
en mars 2004

Mise en pages : Bussière

VAUVENARGUES - 14, rue Léonce Reynaud - 75116 Paris
Tél. : 01-40-70-95-57

— N° d'imp. : 41215. —
Dépôt légal : avril 2004.

Imprimé en France